Recettes
de grands chefs

Légumes
et salades

Recettes de grands chefs

Légumes et salades

Présenté par
Joël Robuchon et Guy Job

© Compagnie 12, Futur TV, France 3, 2000, 2001, 2002.

Sommaire

Chapitre 1

Amuse-bouches

Caviar d'aubergines (Anne-Sophie Pic)	*12*
Champignons Marie-Louise (Vincent Thiessé)	*14*
Croûtons de Josy (Josy Bandecchi)	*15*
Lou cappou (Jean-François Rouquette)	*16*
Omelette plate (Jean-Pierre Caule)	*17*
Pain surprise (Lionel Poilâne)	*18*
Spaghettis de concombre au saumon fumé et au fromage de chèvre (Pascal Chaupitre)	*20*
Tartines papillons (Lionel Poilâne)	*21*

Chapitre 2

Entrées

Asperges blanches rôties aux copeaux de jambon (Jean Coussau)	*24*
Asperges sauce maltaise (Thierry Maffre-Bogé)	*26*
Asperges sauce mousseline froide (Pascal Roussy)	*27*
Asperges vertes à l'œuf friand (Philippe Braun)	*28*
Bagna cauda (Josy Bandecchi)	*30*
Betterave et comté au jus gras (Frédéric Anton)	*31*
Cake de légumes (Olivier Bellin)	*33*
Carpaccio de cèpes au vinaigre balsamique et chèvre sec (Guy Savoy)	*35*
Cassolettes de fèves au magret séché (Gérard Garrigues)	*36*

Champignons sauvages sur toast brioché (Ghislaine Arabian)	*38*
Chèvre frais au coulis de carottes (Olivier Bellin)	*39*
Clafoutis de légumes du Sud (Jean-Marc Delacourt)	*40*
Courgettes fleurs farcies (Christian Willer)	*42*
Crépinettes de chou et petits-gris à l'oseille (Jean-Yves Massonnet)	*43*
Flans de chèvre frais au basilic, figues fraîches en salade (Jean-Marc Delacourt)	*45*
Fondants de légumes épicés à l'avocat (Philippe Braun)	*48*
Fonds d'artichauts au chèvre frais et à l'huile de cacahuète (Christophe Moisand)	*50*
Galette provençale aux tomates et olives noires (Bru Wout)	*52*
Légumes marinés à la coriandre (Françoise Dépée)	*53*
Marbré de chèvre frais aux jeunes poireaux et frisée à l'huile de noix (Jean-Yves Massonnet)	*56*
Marmelade d'aubergines en coque de tomate (Jean-Marc Delacourt)	*58*
Mille-feuilles de légumes confits (Sonia Ezgulian)	*59*
Navets cuits en braisière avec pomme et gésiers confits (Philippe Redon)	*61*
Œufs en cocotte, crème légère aux épinards (Frédéric Anton)	*62*
Œufs en cocotte à la provençale (Jeanne Moreni-Garron)	*64*
Omelette plate aux pommes de terre (Alain Dutournier)	*66*
Paillassons de légumes au cerfeuil (André Gauzère)	*68*
Pétales de betteraves au caviar d'aubergines (Marc Meneau)	*69*
Petits artichauts violets à la barigoule (Roger Vergé)	*72*
Poireaux pochés avec une purée de céleri (Marc Veyrat)	*73*
Risotto aux asperges (Pascal Fayet)	*75*
Rissoles de champignons printanières (Jean-Marc Le Guennec)	*77*
Tarte fine aux légumes (Pascal Barbot)	*79*
Terrine de tomates aux anchois frais (Thierry Maffre-Bogé)	*81*
Tomates fourrées (Dominique Toulousy)	*82*

Chapitre 3

Salades

Petite salade de chèvre frais aux févettes et aux haricots verts (Georges Paineau)	*86*
Petites tomates fourrées de chèvre frais et pistou à l'huile de bize (Gilles Goujon)	*88*
Salade aux croûtons au bleu à l'armagnac (Roland Garreau)	*90*
Salade d'asperges vertes (Vincent Thiessé)	*92*
Salade de laitue au munster (Émile Jung)	*93*
Salade de légumes au Melfor (Jean Albrecht)	*94*
Salade de pissenlits (Laurent Thomas)	*96*
Salade de radis au jambon et à la saucisse de foie (Gérard Garrigues)	*97*

Chapitre 4

Soupes chaudes et froides

Cappuccino d'asperges des Landes au jambon sec (Jean-Pierre Caule)	*100*
Cappuccino d'asperges et de jambon à l'os (Hervé Paulus)	*102*
Céleri-rave façon cappuccino (Michel Trama)	*104*
Crème aux champignons parfumés (Frédéric Anton)	*105*
Crème de courgettes (Christophe Pétra)	*107*
Crème de haricots coco (Hélène Darroze)	*108*
Crème de haricots tarbais glacée au sirop de vinaigre balsamique, tartines de confit de canard aux aromates, (Michel Del Burgo)	*110*
Crème de mogettes et poitrine grillée (Marc de Passorio)	*112*
Crème de petits pois en gaspacho à la menthe, mouillettes aux graines de sésame (Jacques et Laurent Pourcel)	*113*
Crème vichyssoise (Pierre-Yves Lorgeoux)	*115*
Garbure béarnaise (Alain Darroze)	*117*
Gaspacho de concombre (Xavier Mathieu)	*119*

Gaspacho et crème glacée à la moutarde
(Fabrice Maillot) *120*

Gratinée lyonnaise à l'oignon, croûtons et tête de cochon
(Jean-Paul Lacombe) *121*

Potage aux champignons (Lionel Poilâne) *123*

Potage cultivateur aux tripous (Yannick Alléno) *124*

Soupe à l'indienne (Anne-Marie de Gennes) *125*

Soupe au pistou (Michel De Matteis) *126*

Soupe aux fèves (Pierre Koenig) *128*

Soupe de haricots avec knacks rôties et munster
(Jean Albrecht) *129*

Soupe de potiron, fleurette au goût de lard (Marc Veyrat) *130*

Soupe à l'œuf mollet et au basilic (Xavier Mathieu) *131*

Tourin blanchi (Jeanne Moreni-Garron) *133*

Velouté d'asperges froid au saumon fumé
(Christophe Moisand) *134*

Velouté de champignons aux pignons (Philippe Etchebest) *135*

Velouté de cresson (Pascal Roussy) *136*

Velouté de petits pois, croustillants à la tomme
(Pascal Barbot) *137*

Velouté de potiron au jambon de pays (Patrica Gomez) *139*

Velouté de topinambours au curry (Jean-André Charial) *141*

Chapitre 5

Plats principaux

Aubergines farcies aux olives noires (Roger Vergé) *144*

Basquaise de légumes à l'œuf cassé (André Gauzère) *145*

Feuilles de chou farcies (Françoise Dépée) *147*

Gratin de macaroccinis (Pascal Fayet) *149*

Jardinière de lentilles (Josy Bandecchi) *150*

Matafan au lard (Pierre Koenig) *151*

Parmentier au jambon de Bayonne (André Gauzère) *152*

Parmentier au potimarron (Philippe Etchebest)	*154*
Risotto de potiron safrané (Reine Sammut)	*156*
Tagliatelles au pesto (Pascal Fayet)	*157*
Tarte à l'oignon (Antoine Westermann)	*158*
Tarte méditerranéenne à la tomate confite (Christophe Cussac)	*159*
Tartiflette de Savoie (Marc Veyrat)	*162*
Tourte lozérienne aux « herbes » (Daniel Lagrange)	*164*

Chapitre 6

Garnitures, accompagnements

Aligot (Yannick Alléno)	*168*
Boulettes de pommes de terre au jambon (Pascal Chaupitre)	*169*
Chiffonnade de chou vert aux noix (Pierre-Yves Lorgeoux)	*170*
Courgettes à la brousse de brebis (Gérard Garrigues)	*172*
Escaoutoun des Landes lié au mascarpone et aux pleurotes en persillade, jus de rôti de veau et croustilles de lard (Michel Del Burgo)	*174*
Fars de sarrasin (Olivier Bellin)	*176*
Garniture de semoule de blé (Alain Darroze)	*177*
Gâteau de potiron (Josy Bandecchi)	*179*
Gnocchis de pommes de terre au fromage blanc (Antoine Westermann)	*180*
Gratin de chaource aux belles de fontenay (Patrick Gauthier)	*181*
Gratin de chou-rave et de topinambours (Marc Veyrat)	*183*
Gratin de macaronis (Laurent Thomas)	*184*
Purée de brocoli et chou-fleur (Guy Savoy)	*185*
Présentation des chefs	*187*
Index alphabétique des recettes	*213*
Index des recettes par légume	*217*
Crédits photographiques	*224*

Amuse-bouches

Caviar d'aubergines, 12

Champignons Marie-Louise, 14

Croûtons de Josy, 15

Lou cappou, 16

Omelette plate, 17

Pain surprise, 18

Spaghettis de concombre au saumon fumé et au fromage de chèvre, 20

Tartines papillons, 21

Amuse-bouches

ANNE-SOPHIE PIC

Caviar d'aubergines

Pour 4 personnes

2 belles aubergines • 3 gousses d'ail • 6 cuil. à soupe d'huile d'olive • 2 cuil. à café d'un mélange de poivres en grains • 2 capsules de cardamome • 2 étoiles de badiane • 2 bâtons de cannelle • 8 petites tomates • 1 grosse tomate • 1 échalote • 1 petite cuil. à soupe de vinaigre de xérès • 2 cuil. à soupe de crème fraîche liquide • 1 cuil. à café de menthe fraîche hachée • 1 cuil. à soupe de persil plat concassé • 1 cuil. à soupe de cerfeuil concassé • quelques gouttes de vinaigre balsamique • fleur de sel, sel fin, poivre du moulin

Préchauffez le four à 200 °C (thermostat 6-7).

Pelez 2 gousses d'ail, fendez-les en deux dans la longueur, dégermez-les et coupez-les en minces bâtonnets. Lavez les aubergines ; faites quelques petites entailles dans leur peau et glissez-y les bâtonnets d'ail.

Disposez chaque aubergine sur une feuille de papier d'aluminium. Arrosez d'1 cuillerée à soupe d'huile d'olive, salez et ajoutez 1 cuillerée à café de grains de poivre mélangés, 1 capsule de cardamome, 1 étoile de badiane et 1 bâton de cannelle. Emballez les aubergines dans le papier. Disposez-les sur une plaque de cuisson, enfournez-les et faites-les cuire de 1 heure à 1 heure 15.

Pelez et hachez une demi-gousse d'ail. Mondez la grosse

tomate, fendez-la en quatre, épépinez-la et coupez la pulpe en petits dés. Pelez et ciselez finement l'échalote.

Préparez le caviar d'aubergines : fendez les aubergines cuites en deux dans la longueur, récupérez et faites égoutter la pulpe et la moitié de la peau. Hachez le tout.

Versez 1 cuillerée à soupe d'huile d'olive dans un poêlon, faites-y suer l'échalote et la demi-gousse d'ail. Ajoutez les dés de tomate, mélangez et mouillez avec le vinaigre de xérès. Ajoutez le caviar d'aubergines, desséchez-le et rectifiez l'assaisonnement si nécessaire. Incorporez la crème fraîche, puis un filet d'huile d'olive et mélangez. Laissez refroidir à température ambiante.

Lavez les 8 petites tomates, égouttez-les, décalottez-les du côté du pédoncule, évidez-les, conservez les chapeaux. Salez légèrement l'intérieur des tomates, retournez-les et laissez-les dégorger 30 minutes.

Ajoutez au caviar d'aubergines froid la menthe, le persil et le cerfeuil.

Garnissez les petites tomates de caviar d'aubergines.

Disposez-les sur un plat de service, parsemez-les d'une pointe de fleur de sel, puis recouvrez-les de leurs chapeaux. Arrosez d'un filet d'huile d'olive et de quelques gouttes de vinaigre balsamique.

Amuse-bouches

Vincent Thiessé

Champignons Marie-Louise

Pour 4 personnes

4 gros champignons de Paris bien fermes •
2 cuil. à soupe de crème double • 1 cuil. à soupe
de ketchup • 1 cuil. à café de moutarde •
1/2 citron jaune • sel fin, poivre du moulin

Mélangez au fouet la crème, le ketchup et la moutarde. Salez et poivrez. Réservez cette sauce au réfrigérateur.

Après en avoir éliminé les bouts terreux, lavez les champignons à l'eau froide, rapidement mais plusieurs fois. Coupez-les en tranches de 5 mm d'épaisseur, puis détaillez-les en bâtonnets de 5 mm de large.

Versez le jus du demi-citron dans un saladier, ajoutez les bâtonnets de champignons et mélangez délicatement.

Répartissez la sauce au ketchup dans 4 petits ramequins et les bâtonnets de champignons sur des assiettes individuelles. Disposez 1 ramequin sur chaque assiette.

Trempez les bâtonnets de champignons dans la sauce et dégustez-les en hors-d'œuvre ou en amuse-bouche.

Astuce :
• Vous pouvez ajouter ou substituer aux champignons des endives, des concombres ou des carottes.

Amuse-bouches

JOSY BANDECCHI

Croûtons de Josy

Pour 4 personnes

4 tranches de pain de campagne épaisses de 1 cm • 2 gousses d'ail • 60 olives noires niçoises dénoyautées • 1 cuil. à soupe de petites câpres • 8 filets d'anchois à l'huile • 40 g de mie de pain • 6 cuil. à soupe d'huile d'olive • 2 tomates moyennes

Pelez les gousses d'ail, fendez-les en deux et dégermez-les.

Mixez les olives noires avec les câpres, l'ail, les filets d'anchois, la mie de pain et l'huile d'olive.

Mondez les tomates, coupez-les en quatre, épépinez-les et coupez la pulpe en petits dés.

Mélangez délicatement la préparation olives-anchois avec les dés de tomates ; laissez reposer 1 heure.

Toastez les tranches de pain de campagne, puis recouvrez-les copieusement de la préparation.

Dressez ces croûtons sur un plat et dégustez-les sans attendre en amuse-bouche, avec un rosé de Provence, par exemple.

Astuce :
• Cette préparation peut se réaliser la veille.

JEAN-FRANÇOIS ROUQUETTE

Lou cappou

Pour 4 personnes

1 oignon moyen • 1 gousse d'ail • 50 g d'oseille • 50 g de vert de blette • 2 cuil. à soupe d'huile d'olive • 50 g de lardons fumés • 1 cuil. à soupe de farine • 4 œufs • 10 cl de crème fraîche liquide • noix de muscade • 50 g de persil plat concassé • 15 g de beurre • sel fin, poivre du moulin

Pelez et hachez finement l'oignon et la gousse d'ail. Équeutez l'oseille, lavez les feuilles, puis émincez-les en lanières de 1 cm de large. Lavez le vert de blette et émincez-le de la même façon. Faites chauffer 1 cuillerée à soupe d'huile d'olive dans une casserole ; faites-y suer l'oignon, la gousse d'ail et les lardons fumés pendant 2 à 3 minutes. Laissez tiédir hors du feu.

Mélangez au fouet la farine et les œufs. Ajoutez la crème fraîche, puis une râpure de noix de muscade. Poivrez et mélangez. Ajoutez ensuite les chiffonnades de blette et d'oseille, le persil et la préparation oignon-lardons. Laissez reposer quelques minutes.

Faites chauffer le reste d'huile d'olive avec le beurre dans une poêle pas trop grande afin que l'omelette soit épaisse. Versez-y la préparation en répartissant les ingrédients et laissez cuire sur feu doux 4 à 5 minutes.

Dressez sur un plat de service, accompagnez d'une petite salade et dégustez en amuse-bouche, chaud, de préférence.

Amuse-bouches

JEAN-PIERRE CAULE

Omelette plate

Pour 8 personnes

2 poivrons rouges • 4 oignons nouveaux •
2 cuil. à soupe d'huile d'olive • 8 œufs • sel fin,
poivre du moulin

Pelez à l'économe les poivrons rouges, puis, avec un couteau, taillez-les en petits dés après avoir retiré les pédoncules et les graines. Pelez les oignons et émincez-les.

Dans un poêlon, versez 1 cuillerée à soupe d'huile d'olive, chauffez à feu doux et mettez les oignons. Salez, puis faites suer 2 à 3 minutes. Ajoutez les dés de poivrons, salez et faites cuire 3 minutes en remuant de temps en temps. Éteignez le feu et réservez.

Dans un récipient, cassez les œufs, battez-les en omelette à la fourchette ; salez et poivrez.

Préchauffez le four à 160 °C (thermostat 5).

Dans une poêle antiadhésive allant au four, versez 1 cuillerée à soupe d'huile d'olive, faites chauffer et ajoutez le contenu du poêlon réservé. Étalez bien le tout et, sur feu vif, versez les œufs. Puis enfournez la poêle et laissez cuire 8 minutes.

Renversez l'omelette sur un plat de service et découpez-la en losanges de 2 cm de côté. Disposez des piques sur la table et dégustez tiède.

Amuse-bouches

LIONEL POILÂNE

Pain surprise

Pour 6 personnes

1 miche de pain de campagne • 1 fromage de chèvre demi-sec • 2 cuil. à soupe d'huile d'olive • 1 cuil. à soupe de vinaigre balsamique • 1 cuil. à soupe de ciboulette ciselée • 1/4 de concombre • 200 g de fromage blanc • 2 cuil. à soupe de cerfeuil concassé • curry en poudre • 2 tomates moyennes • 100 g de pousses d'épinards • 2 cuil. à soupe de mayonnaise • 50 g de gruyère râpé • sel fin, poivre du moulin

Achetez de préférence votre pain la veille et évidez-le : posez-le sur un plan de travail, enfoncez verticalement la lame d'un couteau à 2 cm environ de la paroi et découpez la miche en formant un rond. Glissez un long couteau juste au-dessus de la base, parallèlement au fond, et coupez toute la circonférence. Sortez le bloc de mie et décalottez-le. Coupez délicatement ce bloc de mie, horizontalement, en 6 tranches. Réservez-les.

Toujours la veille, écrasez le fromage de chèvre à la fourchette dans un saladier, incorporez-y l'huile d'olive, le vinaigre balsamique et la ciboulette. Salez, poivrez et réservez au réfrigérateur.

Le jour même, pelez le concombre, fendez-le en deux, éliminez les pépins et coupez la pulpe en petits dés.

Dans un saladier, mélangez le fromage blanc, le cerfeuil, les dés de concombre et 1 pincée de curry. Salez et poivrez.

Mondez les tomates, fendez-les en deux, épépinez-les et coupez la pulpe en petits dés. Lavez les pousses d'épinards, égouttez-les et coupez-les en chiffonnade.

Tartinez la mayonnaise sur 2 tranches de pain. Sur l'une d'elles, répartissez successivement le gruyère râpé, les dés de tomates et la chiffonnade d'épinards. Retournez l'autre tranche dessus, tassez légèrement.

Coupez ce sandwich en 8 triangles (comme une tarte) et disposez-les à l'intérieur de la croûte du pain en reconstituant un cercle.

Tartinez le mélange fromage blanc-concombre sur 2 autres tranches de pain, refermez, coupez-les en huit comme précédemment et disposez les trianges sur les sandwichs tomates-épinards.

Étalez la préparation au chèvre sur les 2 dernières tranches de pain, refermez le sandwich et coupez, toujours de la même façon. Disposez les triangles sur les précédents.

Dégustez ce pain surprise sans attendre ou recouvrez-le de son « chapeau » si vous désirez le servir plus tard.

Pascal Chaupitre

Spaghettis de concombre au saumon fumé et au fromage de chèvre

Pour 4 personnes

1 grand concombre • 4 tranches de saumon fumé •
100 g de fromage de chèvre frais •
5 cl de crème fraîche liquide • 1/2 citron jaune •
1 cuil. à soupe de persil plat concassé •
gros sel, sel fin, poivre du moulin •

Pelez le concombre, coupez-le en deux. Avec une mandoline, coupez chaque moitié dans la longueur en tranches fines (1 mm d'épaisseur environ). Superposez ces tranches et taillez-les dans la longueur en fines lanières afin d'obtenir des « spaghettis ».

Saupoudrez de 2 pincées de gros sel, mélangez et faites dégorger dans un égouttoir pendant 1 heure.

Avec une spatule, mélangez le fromage de chèvre et la crème fraîche afin d'obtenir une consistance souple mais pas trop liquide. Salez et poivrez. Ajoutez le jus du citron et le persil.

Rincez les spaghettis de concombre dans de l'eau froide pour éliminer l'excédent de sel, égouttez-les et pressez-les entre vos mains.

Mélangez-les avec la sauce au chèvre et répartissez-les sur des assiettes individuelles en petits tas, que vous entourerez d'1 tranche de saumon fumé.

Servez en amuse-bouche.

Amuse-bouches

Lionel Poilâne

Tartines papillons

Pour 4 personnes

2 tranches de pain de campagne •
4 petites aubergines • 4 cuil. à soupe d'huile d'olive •
1 oignon pelé et émincé • 1 gousse d'ail
pelée et dégermée • 3 ou 4 brins d'origan
(ou feuilles de basilic) • 1 cuil. à soupe
de persil plat concassé • 1 cuil. à café
de concentré de tomate • 1 cuil. à café de vinaigre
de vin • 1/2 citron • sel fin, poivre du moulin

Préchauffez le four à 200 °C (thermostat 6-7).

Lavez les aubergines et essuyez-les. Disposez-les sur une plaque de cuisson, et mettez-les au four pendant 15 à 20 minutes en les retournant 1 ou 2 fois pendant la cuisson.

Dans une poêle, versez 2 cuillerées à soupe d'huile d'olive, ajoutez l'oignon et laissez-le dorer 3 à 4 minutes en remuant délicatement avec une spatule.

Dès que les aubergines sont cuites, sortez-les du four, fendez-les en deux dans la longueur, récupérez la chair avec une petite cuiller. Versez-la dans le bol d'un mixeur, ajoutez l'oignon doré, l'ail, l'origan, le persil, le concentré de tomate, 2 cuillerées à soupe d'huile d'olive, le vinaigre, le jus du citron.

Salez, poivrez et mixez.

Toastez les tranches de pain coupées en deux, recouvrez-les de caviar d'aubergines et coupez-les en fines lanières.

Dégustez avec un verre de vin blanc sec.

Astuce :
- Plus le pain est rassis, meilleur il sera toasté. Si vous ne le consommez pas tout de suite, glissez-le dans une serviette : le pain va se ramollir délicieusement et rester chaud pendant 10 minutes environ.

Entrées

**Asperges blanches rôties
aux copeaux de jambon**, 24

Asperges sauce maltaise, 26

**Asperges sauce mousseline
froide**, 27

**Asperges vertes
à l'œuf friand**, 28

Bagna cauda, 30

**Betterave et comté
au jus gras**, 31

Cake de légumes, 33

**Carpaccio de cèpes au vinaigre
balsamique et chèvre sec**, 35

**Cassolettes de fèves
au magret séché**, 36

**Champignons sauvages
sur toast brioché**, 38

**Chèvre frais au coulis
de carotte**, 39

Clafoutis de légumes du Sud, 40

Courgettes fleurs farcies, 42

**Crépinettes de chou
et petits-gris à l'oseille**, 43

**Flans de chèvre frais au basilic,
figues fraîches en salade**, 45

**Fondants de légumes épicés
à l'avocat**, 48

**Fonds d'artichauts au chèvre
frais et à l'huile de cacahuète**, 50

**Galette provençale aux tomates
et olives noires**, 52

**Légumes marinés
à la coriandre**, 53

**Marbré de chèvre frais
aux jeunes poireaux et frisée
à l'huile de noix**, 56

**Marmelade d'aubergines
en coque de tomate**, 58

**Mille-feuilles
de légumes confits**, 59

**Navets cuits en braisière avec
pomme et gésiers confits**, 61

**Œufs en cocotte,
crème légère aux épinards**, 62

**Œufs en cocotte
à la provençale**, 64

**Omelette plate
aux pommes de terre**, 66

**Paillassons de légumes
au cerfeuil**, 68

**Pétales de betteraves au caviar
d'aubergine**, 69

**Petits artichauts violets
à la barigoule**, 72

**Poireaux pochés
avec une purée de céleri**, 73

Risotto aux asperges, 75

**Rissoles de champignons
printanières**, 77

Tarte fine aux légumes, 79

**Terrine de tomates
aux anchois frais**, 81

Tomates fourrées, 82

Jean Coussau

Asperges blanches rôties aux copeaux de jambon

Pour 2 personnes

1 kg d'asperges blanches • 50 g de tomme de brebis râpée • 1 morceau de 100 g de jambon de Bayonne • 20 g de graisse de canard • vinaigre balsamique • gros sel

Pelez les asperges blanches avec un couteau économe, puis ficelez-les en une botte.

Préchauffez le four à 180 °C (thermostat 6).

Portez une grande quantité d'eau à ébullition, salez-la et plongez-y la botte d'asperges. Faites-les précuire de 8 à 10 minutes. Égouttez-la botte, mettez-la dans un plat à gratin, retirez la ficelle et disposez les asperges les unes à côté des autres.

Badigeonnez les asperges de graisse de canard avec un pinceau, parsemez-les de tomme de brebis râpée, puis arrosez-les d'un filet de vinaigre balsamique. Glissez le plat dans le four et laissez cuire 8 à 10 minutes.

Coupez le jambon en tranches fines, sans éliminer le gras. Recouvrez-en les asperges, puis glissez à nouveau le plat dans le four pour 20 à 30 secondes de cuisson, le temps que les copeaux de jambon chauffent et que le gras devienne légèrement translucide.

Servez aussitôt en hors-d'œuvre.

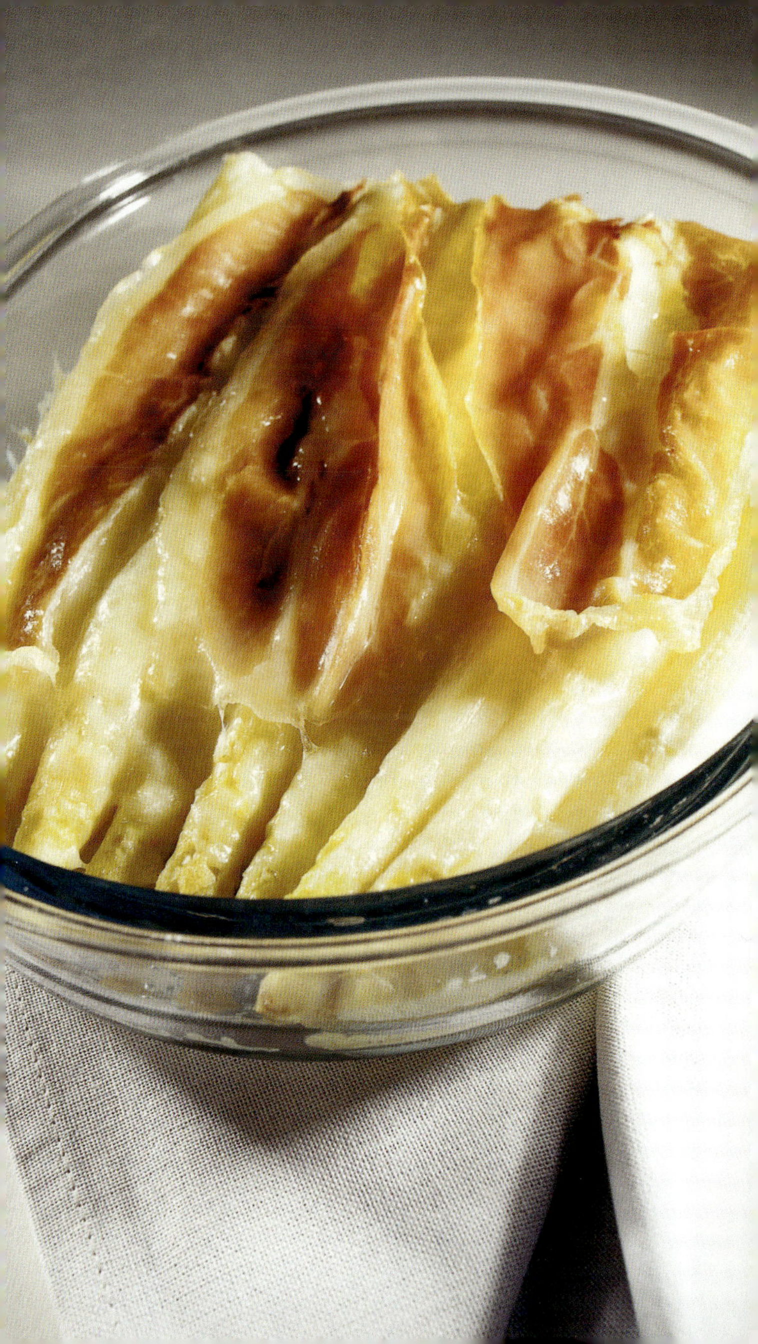

Thierry Maffre-Bogé

Asperges sauce maltaise

Pour 2 personnes

10 asperges blanches • 3 jaunes d'œufs • 1 orange • 100 g de beurre clarifié • 10 cl d'huile d'olive • gros sel, sel fin, poivre du moulin

Pelez délicatement les asperges, lavez-les rapidement, égouttez-les et liez-les en botte.

Portez une grande quantité d'eau à ébullition, salez (10 g de gros sel par litre d'eau), plongez-y les asperges et faites-les cuire 10 minutes à ébullition. Vérifiez la cuisson en les piquant avec la pointe d'un couteau, qui doit s'enfoncer sans résistance. Rafraîchissez-les dans de l'eau bien froide et égouttez-les.

Préchauffez le four en position gril.

Placez un saladier dans un bain-marie ; l'eau doit être frémissante et arriver au tiers de la hauteur du saladier.

Dans le saladier, montez au fouet les jaunes d'œufs avec le jus de l'orange. Lorsque le saladier commence à être visible, le sabayon est alors à bonne consistance. Incorporez, petit à petit, le beurre clarifié, puis l'huile d'olive. Salez, poivrez, mélangez bien et retirez du feu.

Disposez les asperges les unes à côté des autres sur un plat allant au four. Recouvrez-les de la sauce, sans napper les pointes. Glissez le plat dans le four et laissez gratiner 2 à 3 minutes. Dès que la sauce commence à colorer, servez et dégustez bien chaud.

Pascal Roussy

Asperges sauce mousseline froide

Pour 6 personnes

2 kg d'asperges • 2 œufs • 1 cuil. à soupe de moutarde • 40 cl d'huile d'arachide • 1 cuil. à soupe de vinaigre de vin rouge • 1 cuil. à soupe de cerfeuil concassé • gros sel, sel fin, poivre du moulin

Pelez les asperges avec un économe, puis liez-les en 2 ou 3 bottes. Plongez-les délicatement dans une grande quantité d'eau bouillante salée et laissez-les cuire 20 minutes à frémissements.

Préparez une mayonnaise : séparez les jaunes des blancs d'œufs. Dans un saladier, mélangez au fouet ces jaunes avec la moutarde, puis salez. Incorporez ensuite, en filet, l'huile d'arachide, puis le vinaigre. Rectifiez l'assaisonnement si nécessaire.

Fouettez les blancs d'œufs en neige avec 1 pincée de sel. Incorporez-les délicatement à la mayonnaise. Rectifiez l'assaisonnement de cette sauce mousseline, ajoutez le cerfeuil et mélangez. Versez dans une saucière.

Égouttez les asperges, faites-les tiédir dans de l'eau bien froide pendant 1 minute, égouttez-les, retirez les ficelles et disposez les asperges sur un plat de service.

Servez-les tièdes, avec la sauce mousseline, accompagnées d'un vin des Landes ou du Jura, par exemple.

Entrées

PHILIPPE BRAUN

Asperges vertes à l'œuf friand

Pour 4 personnes

2 kg d'asperges vertes (ou 4 bottes de 5 asperges) •
6 œufs • 30 cl de vinaigre d'alcool blanc •
6 feuilles de brick • 100 g de farine tamisée •
huile pour friteuse • quelques brins d'aneth •
gros sel, sel fin, poivre du moulin

Sauce aux herbes :
1 œuf dur • 1 cuil. à soupe de cerfeuil •
1 cuil. à soupe d'estragon • 1 cuil. à soupe
de ciboulette • 200 g de mayonnaise •
2 cuil. à soupe de vinaigre de vin

Vinaigrette :
2 cuil. à soupe de vinaigre de xérès (ou de vin) •
6 cuil. à soupe d'huile d'olive

Portez à ébullition 4 à 5 litres d'eau salée au gros sel dans une grande casserole. Quand l'eau bout, plongez-y les asperges et laissez-les cuire 3 à 5 minutes.

Préparez la sauce aux herbes : tamisez l'œuf dur (ou passez-le au moulin à légumes). Lavez et essorez les herbes. Concassez le cerfeuil et l'estragon. Au fouet, incorporez à la mayonnaise le jaune et le blanc d'œuf dur, le cerfeuil et l'estragon concassés, puis la ciboulette ciselée. Ajoutez le vinaigre, du sel et quelques tours de poivre du moulin.

Retirez les asperges avec une écumoire. Rafraîchissez-les dans un saladier rempli d'eau glacée, puis égouttez-les sur du papier absorbant.

Préparez les œufs pochés : portez 3 litres d'eau (non salée) à faible ébullition, puis ajoutez le vinaigre d'alcool. Cassez 4 œufs dans des ramequins et plongez-les délicatement, un par un, dans l'eau ; cuisez-les 3 minutes à petits bouillons. Puis, avec une écumoire, retirez-les et rafraîchissez-les dans un bol d'eau glacée. Égouttez-les sur du papier absorbant et ébarbez-les (coupez les filaments qui dépassent pour parfaire leur présentation) avec la pointe d'un couteau.

Préchauffez la friteuse à 180 °C.

Superposez les feuilles de brick, coupez-les en petits carrés de 1 cm de côté et mettez-les dans un récipient.

Versez la farine dans un deuxième récipient. Dans un troisième, cassez les 2 œufs restants, salez, poivrez, puis battez au fouet.

Passez les œufs pochés deux par deux dans la farine, puis dans les œufs battus et enfin dans les carrés de brick. Réservez ces œufs panés sur une assiette.

Préparez la vinaigrette : diluez dans le vinaigre 2 ou 3 pincées de sel, ajoutez quelques tours de poivre du moulin, puis mélangez le tout avec l'huile d'olive.

Disposez les asperges sur un plat et nappez-les de vinaigrette. Plongez les 4 œufs pendant 1 minute 30 dans la friteuse. Retirez-les dès coloration, égouttez-les sur du papier absorbant et salez-les.

Déposez 2 cuillerées de sauce aux herbes au centre de chaque assiette.

Dressez dessus 5 asperges et quelques brins d'aneth, puis 1 œuf friand et servez.

Astuce :
- Pour réussir les œufs pochés, ne mettez pas de sel dans l'eau de cuisson. Versez les œufs, un par un, le plus près possible de l'eau frémissante. Dès qu'ils sont cuits, rafraîchissez-les dans un saladier rempli d'eau glacée pour bloquer la cuisson.

JOSY BANDECCHI

Bagna cauda

Pour 4 personnes

1 botte de radis • 4 carottes (nouvelles, de préférence) •
1 bulbe de fenouil • 1 endive • 4 artichauts violets •
1 cœur de céleri-branche • 5 anchois au sel •
2 gousses d'ail • 25 cl d'huile d'olive

Nettoyez les radis sans couper les fanes. Pelez les carottes et fendez-les en quatre dans le sens de la longueur. Parez le bulbe de fenouil, coupez-le en deux puis émincez chaque moitié en tranches de 1 cm d'épaisseur.

Lavez l'endive, éliminez la base, puis fendez-la en quatre dans la longueur.

Éliminez la queue et les plus grosses feuilles de la base des artichauts, égalisez le pourtour et le fond au couteau, coupez les feuilles aux deux tiers de la hauteur, puis les cœurs en quatre.

Détachez les branches du cœur de céleri et lavez-les.

Dessalez les anchois, levez les filets, hachez-les au couteau, puis écrasez-les avec une fourchette.

Pelez et hachez finement les gousses d'ail.

Mettez les filets d'anchois hachés dans une casserole, ajoutez-y l'ail et l'huile d'olive ; mélangez.

Faites chauffer cette sauce sur feu doux ; elle ne doit pas fumer. Versez-la dans le caquelon d'un service à fondue. Disposez les légumes sur un plat de service ou dans un panier et dégustez en hors-d'œuvre.

Astuce :
- Cette préparation peut être réalisée la veille et réservée au réfrigérateur

FRÉDÉRIC ANTON

Betterave et comté au jus gras

Pour 2 personnes

24 tranches très fines de comté •
1 ou 2 betteraves rondes cuites • 1 gousse d'ail •
3 cuil. à soupe d'huile d'olive • noix de muscade •
5 à 6 cuil. à soupe de jus de poulet (ou de porc) rôti •
1 cuil. à soupe de cerfeuil haché • poivre du moulin

Avec un emporte-pièce rond et lisse de 5 cm de diamètre environ, détaillez un cercle dans chaque tranche de comté.

Pelez les betteraves et coupez-les en fines tranches avec une mandoline jusqu'à obtenir 24 tranches. Puis, comme pour les morceaux de fromage, détaillez un cercle dans chaque tranche avec un emporte-pièce.

Pelez la gousse d'ail, fendez-la en deux dans le sens de la longueur et dégermez-la. Frottez un plat de service avec l'une des demi-gousses et, avec un pinceau, badigeonnez-le d'huile d'olive.

Disposez sur ce plat de service, en rosace et en les alternant, les tranches de comté et de betterave. Badigeonnez-les ensuite d'huile d'olive avec un pinceau, parsemez-les de quelques râpures de noix de muscade et poivrez.

Préchauffez le four à 140 °C (thermostat 4-5).

Juste avant de passer à table, glissez le plat dans le four et comptez 1 minute de cuisson.

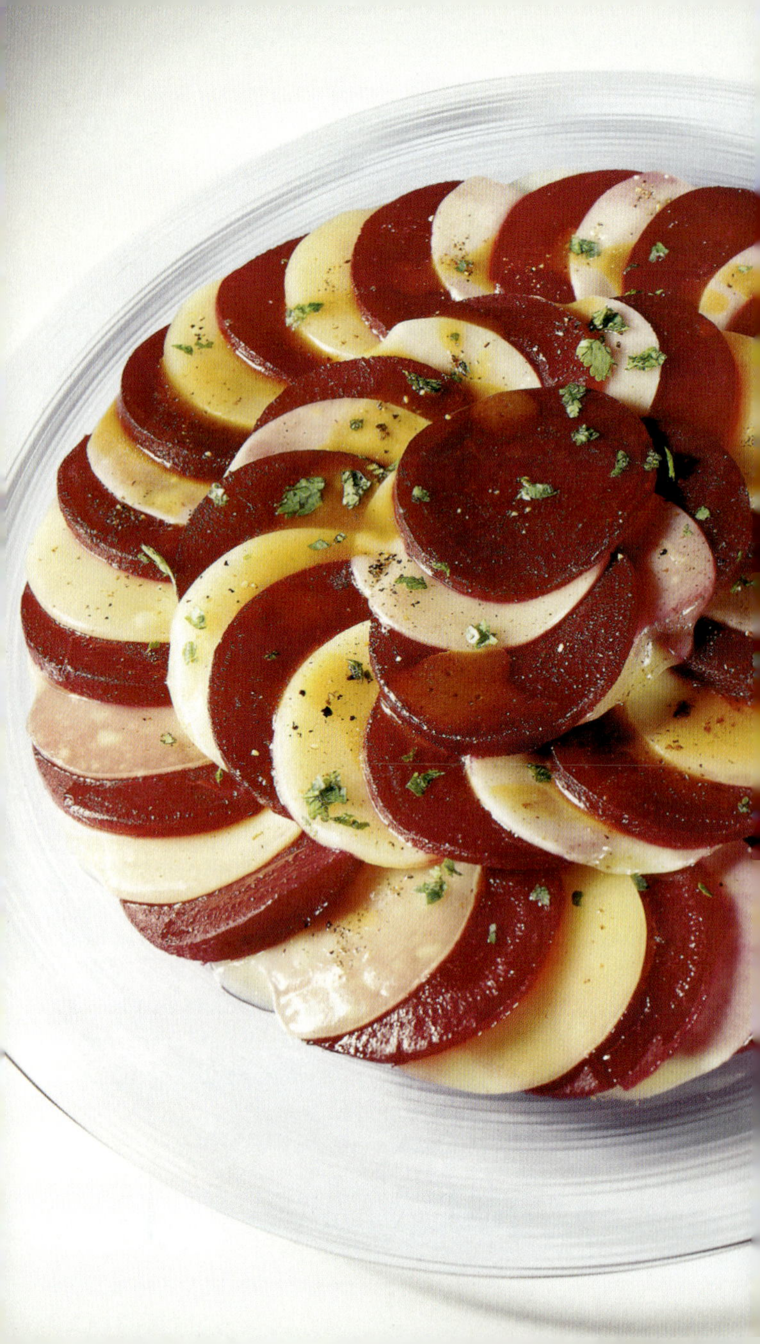

À la sortie du four, nappez les tranches de betterave et de comté de 5 à 6 cuillerées à soupe de jus de viande chaud, puis parsemez-les du cerfeuil haché.

Astuces :
- Ce plat peut aussi se servir en garniture d'un gibier ou d'un rôti de veau, par exemple.
- Il peut se conserver au réfrigérateur recouvert d'un film alimentaire jusqu'au moment de servir.

Entrées

OLIVIER BELLIN

Cake de légumes

Pour 8 personnes

100 g de carotte • 100 g de céleri-rave •
100 g de blanc de poireau • 1/2 citron •
50 g de beurre • 30 cl de crème fraîche liquide •
10 pommes de terre moyennes (BF15) •
200 g de gruyère râpé • sel fin, poivre du moulin

Épluchez la carotte, le céleri-rave et le blanc de poireau. Citronnez le céleri. Coupez les légumes en julienne.

Faites fondre 30 g de beurre dans un large poêlon, faites-y suer les juliennes de 4 à 5 minutes sur feu doux. Salez. Versez la crème fraîche, faites cuire 1 à 2 minutes à ébullition. Salez, poivrez.

Pelez les pommes de terre, coupez-les en fines lamelles dans la longueur avec une mandoline.

Préchauffez le four à 210 °C (thermostat 7).

Tapissez un moule à cake de papier sulfurisé. Beurrez-le.

Disposez une première lamelle de pomme de terre sur une moitié du fond et faites-la remonter et adhérer sur un des côtés du moule. En la faisant un peu chevaucher sur la première, posez une deuxième lamelle sur l'autre moitié du fond et faites-la remonter sur le côté opposé. Tapissez ainsi le fond et les côtés du moule. Parsemez d'1 cuillerée à soupe de gruyère, versez 3 cuillerées à soupe de la crème de cuisson des juliennes.

Tapissez de la même façon le fond et les côtés du moule d'une deuxième couche de pomme de terre. Versez dessus un tiers de julienne et 2 cuillerées à soupe de la crème de cuisson. Salez et poivrez.

Couvrez d'une troisième couche de pomme de terre, parsemez d'1 cuillerée à soupe de gruyère, versez 3 cuillerées à soupe de la crème. Couvrez d'une quatrième couche de pomme de terre, d'un tiers de julienne, salez et poivrez.

Recouvrez d'une cinquième couche de lamelles de pomme de terre, mais rangées dans le sens inverse, et parsemez de gruyère. Couvrez d'une sixième couche de pomme de terre, versez le dernier tiers de la julienne, salez et poivrez. Disposez une septième couche de pomme de terre, parsemez-la de gruyère, puis couvrez d'une huitième couche de pomme de terre. Parsemez du reste de gruyère et terminez par une couche de pomme de terre. Tassez légèrement avec les doigts. Si la crème de cuisson des juliennes ne remonte pas à la surface, rajoutez-en.

Faites cuire au four pendant 1 heure. Laissez refroidir le cake 10 minutes à température ambiante avant de le démouler.

Coupez-le en tranches de 2 cm d'épaisseur et dressez-les sur un plat de service.

Entrées

Guy Savoy

Carpaccio de cèpes au vinaigre balsamique et chèvre sec

Pour 4 personnes

12 petits cèpes bien fermes • 1 fromage de chèvre sec • 12 feuilles de roquette • 1 citron • 10 cl d'huile d'olive • 2 cuil. à café de vinaigre balsamique • sel fin, poivre du moulin

Pelez les cèpes afin de retirer les parties terreuses, passez-les sous un filet d'eau (ne les laissez surtout pas tremper) puis frottez-les délicatement avec une petite brosse. Taillez-les dans la longueur en tranches de 2 mm d'épaisseur environ.

Faites une vingtaine de copeaux de chèvre avec un économe. Lavez et essorez les feuilles de roquette.

Mélangez au fouet 1 pincée de sel avec le jus du citron, poivrez puis incorporez l'huile d'olive.

Disposez le carpaccio sur des assiettes individuelles : avec un pinceau, badigeonnez le fond des assiettes de vinaigrette. Répartissez dessus les tranches de cèpes, sans les faire se chevaucher. Badigeonnez-les de vinaigrette, délicatement, toujours avec le pinceau.

Ajoutez les feuilles de roquette et les copeaux de chèvre. Arrosez le tout de quelques gouttes de vinaigre balsamique et servez.

Entrées

Gérard Garrigues

Cassolettes de fèves au magret séché

Pour 4 personnes

500 g de petites fèves écossées • 1 magret séché coupé en tranches fines • 2 cuil. à soupe de gelée de sarriette (ou de confiture d'oignons ou de chutney) • 1 cuil. à soupe de vinaigre de xérès • 1 cuil. à soupe d'huile d'olive • 1 cuil. à soupe d'huile de noix •

1 échalote • 1 cuil. à soupe de graisse d'oie
(ou de canard) • 10 cl de bouillon de volaille •
4 brins de sarriette • sel fin, poivre du moulin

Portez 3 litres d'eau à ébullition dans une grande casserole. Salez l'eau, puis plongez-y les fèves et laissez-les bouillir pendant 1 minute. Rafraîchissez-les dans de l'eau bien froide et égouttez-les soigneusement. Pelez-les et retirez les germes s'ils sont sont gros.

Préparez une vinaigrette sucrée-salée : dans un récipient, mélangez au fouet la gelée de sarriette et le vinaigre de xérès. Incorporez l'huile de noix puis l'huile d'olive ; salez et poivrez. Pelez et hachez finement l'échalote. Faites fondre la graisse d'oie dans un poêlon, faites-y suer l'échalote quelques secondes. Mouillez avec le bouillon de volaille, portez à ébullition et laissez réduire d'un tiers. Ajoutez les fèves et faites-les cuire pendant 1 minute à ébullition. Rectifiez l'assaisonnement.

Répartissez les fèves, sans le bouillon, dans 4 petites cassolettes. Disposez dessus les tranches de magret séché. Assaisonnez de la vinaigrette sucrée-salée (1 cuillerée à soupe par cassolette), et décorez avec un brin de sarriette.

Servez en hors-d'œuvre.

GHISLAINE ARABIAN

Champignons sauvages sur toast brioché

> **Pour 1 personne**
>
> 150 g de girolles (ou de cèpes, ou de champignons de Paris) • 1 tranche de brioche épaisse de 1 cm • 50 g de beurre • 1 verre de porto blanc • 2 cuil. à soupe de crème double • 1 cuil. à soupe de persil plat concassé • sel fin, poivre du moulin

Faites fondre 20 g de beurre dans une poêle, faites-y colorer rapidement de chaque côté la tranche de brioche. Ce toast doit être doré, moelleux à l'intérieur et croustillant en surface.

Dans une petite casserole, faites réduire de moitié le porto.

Nettoyez délicatement les girolles : éliminez les bouts terreux, lavez-les plusieurs fois mais rapidement dans de l'eau froide, puis égouttez-les. (Si vous utilisez des cèpes ou des champignons de Paris, émincez-les.)

Faites chauffer le reste de beurre dans une poêle. Lorsqu'il devient couleur noisette, ajoutez les champignons, salez et faites sauter 2 à 3 minutes.

Versez le porto réduit sur les champignons, donnez une ébullition, ajoutez la crème, mélangez bien et retirez la poêle du feu. Poivrez et parsemez de persil.

Dressez le toast brioché sur une assiette, nappez-le des champignons à la crème et dégustez sans attendre.

Entrées

OLIVIER BELLIN

Chèvre frais au coulis de carottes

Pour 4 personnes

400 g de chèvre frais • 1 pomme de terre •
150 g de beurre • 4 carottes • 10 g de gingembre frais •
1 gousse d'ail • 20 cl de bouillon de volaille •
quelques branches de thym frais et fleur de thym •
10 cl de crème fraîche liquide • 10 cl d'huile d'olive •
quelques pluches de cerfeuil • huile d'olive •
sel fin, poivre du moulin

Faites égoutter le chèvre frais pendant 12 heures.
Préchauffez le four à 160 °C (thermostat 5-6).
Pelez, lavez et essuyez la pomme de terre. Coupez-la dans la longueur en tranches de 2 mm d'épaisseur avec une mandoline. Conservez 8 tranches.
Faites fondre 50 g de beurre dans une casserole. Couvrez une plaque de cuisson de papier sulfurisé. Posez-y les tranches de pomme de terre et badigeonnez-les du beurre fondu. Couvrez-les d'une autre feuille de papier sulfurisé et compressez-les en posant dessus une seconde plaque de cuisson. Faites cuire au four pendant 30 minutes. Salez.
Pelez les carottes et coupez-les en fines rondelles. Pelez et hachez le gingembre. Pelez la gousse d'ail, fendez-la en deux et dégermez-la.
Versez le bouillon de volaille dans une casserole, ajoutez les carottes, le gingembre, l'ail, le thym et portez à ébullition 10 minutes.

Dans un saladier, écrasez à la fourchette le chèvre frais bien égoutté. Incorporez au fouet la crème fraîche, salez, poivrez. Couvrez d'un film alimentaire et réservez au réfrigérateur.

Lorsque les carottes sont cuites, retirez l'ail et le thym. Versez les carottes dans le bol d'un mixeur et mixez. Incorporez-y le reste de beurre bien froid coupé en petits morceaux ; mixez pour obtenir un coulis très épais. Laissez refroidir à température ambiante, puis réservez au réfrigérateur.

Sortez le mélange chèvre-crème fraîche du réfrigérateur et façonnez 4 quenelles.

Sur chaque assiette, versez 1 cuillerée à soupe de coulis de carottes, disposez dessus 1 quenelle de fromage, plantez-y 2 chips de pomme de terre. Parsemez chaque quenelle de chèvre de fleur de thym, décorez d'une pluche de cerfeuil et arrosez d'un filet d'huile d'olive. Servez aussitôt.

Entrées

JEAN-MARC DELACOURT

Clafoutis de légumes du Sud

Pour 4 personnes

5 courgettes trompettes (ou traditionnelles) •
45 g d'olives noires dénoyautées • 60 g de tomates
séchées • 2 cuil. à soupe d'huile d'olive •
4 feuilles de coriandre concassées • 1 cuil. à café
de curry en poudre • 45 g de parmesan haché •
10 g de beurre • sel fin, poivre du moulin

> **Appareil à clafoutis :**
> 3 œufs • 40 g de farine tamisée •
> 90 g de crème fraîche liquide • 9 cl de lait

Préparez l'appareil à clafoutis : fouettez énergiquement les œufs, puis incorporez successivement la farine, la crème et le lait.

Lavez les courgettes, éliminez les extrémités, puis taillez-les en gros dés. Coupez les olives noires et les tomates séchées en petits morceaux.

Préchauffez le four à 130-140 °C (thermostat 4-5).

Faites chauffer dans une sauteuse les 2 cuillerées à soupe d'huile d'olive. Ajoutez les courgettes sur feu doux, faites-les suer en remuant avec une spatule, puis faites-les cuire pendant 2 minutes à couvert.

Ajoutez ensuite les morceaux d'olives et de tomates séchées, la coriandre et le curry. Poivrez, salez légèrement, mélangez bien et retirez du feu. Saupoudrez de parmesan petit à petit, en l'incorporant bien à chaque fois.

Beurrez au pinceau un moule à tarte de 26 cm de diamètre. Versez-y la préparation de courgettes, puis l'appareil à clafoutis. Enfournez et faites cuire 30 à 35 minutes.

Découpez ce clafoutis en portions et servez-le tiède, accompagné d'une salade de mesclun.

Entrées

CHRISTIAN WILLER

Courgettes fleurs farcies

Pour 4 personnes

4 petites courgettes fleurs • 1/2 courgette •
2 gros poivrons rouges • 2 tomates • 2 oignons •
20 cl d'huile d'olive • 1/2 aubergine • 2 gousses d'ail •
40 g de fromage de chèvre frais coupé en petits dés •
1/2 cuil. à soupe de basilic concassé • 1 cuil. à soupe
de cerfeuil concassé • 1 cuil. à soupe de riquette
concassée • 12 petites olives noires • 10 cl de crème
fraîche liquide • sel fin, poivre du moulin

Pelez 1 oignon et émincez-le. Pelez 1 poivron, fendez-le en deux dans la longueur, épépinez-le, puis coupez-le en dés. Mondez 1 tomate, épépinez-la, puis coupez la pulpe en petits dés.

Faites chauffer 2 cuillerées à soupe d'huile d'olive dans une casserole. Ajoutez sur feu doux l'oignon, le poivron et la tomate ; enrobez-les de l'huile chaude, salez, poivrez. Couvrez et laissez compoter pendant 20 minutes.

Préparez la farce de légumes : pelez et hachez grossièrement l'autre oignon. Pelez et coupez le deuxième poivron comme le premier. Coupez la demi-courgette et la demi-aubergine non pelées en petits dés. Pelez, dégermez et hachez les gousses d'ail. Faites chauffer 2 cuillerées à soupe d'huile d'olive dans une casserole. Faites-y suer l'oignon, le poivron, l'aubergine et la courgette. Ajoutez 1 cuillerée à soupe d'huile d'olive, l'ail, mélangez, comptez 1 à 2 minutes de cuisson, salez et poivrez.

Réservez sur feu éteint. Préchauffez le four à 160 °C (thermostat 5-6).
Mondez la tomate restante, épépinez-la et coupez la pulpe en

petits dés. Mettez-la avec les dés de chèvre dans la farce tiède, ainsi que le basilic, le cerfeuil et la riquette concassés. Rectifiez l'assaisonnement, ajoutez 1 cuillerée à soupe d'huile d'olive, mélangez. **Éliminez** les pédoncules et les pistils des courgettes fleurs ; ne lavez surtout pas les fleurs.

Garnissez chaque fleur de 2 cuillerées à soupe de farce en écartant délicatement les pétales. Refermez-les, éliminez l'extrémité de chaque courgette, puis incisez-la en quatre dans la longueur afin d'obtenir un éventail.

Placez les courgettes fleurs dans un plat allant au four. Arrosez-les d'un bon filet d'huile d'olive, salez et poivrez. Mettez au four et faites cuire 25 à 30 minutes.

Ajoutez les olives noires et la crème fraîche à la compote, donnez une ébullition, mélangez et réservez.

Nappez le fond d'un plat de service de la compote, disposez-y les courgettes fleurs et servez en hors-d'œuvre ou en garniture.

Entrées

Jean-Yves Massonnet

Crépinettes de chou et petits-gris à l'oseille

Pour 4 personnes

100 g de crépine de veau (ou de porc) • 12 feuilles de chou (4 feuilles vertes et 8 plus claires) • 32 escargots petits-gris • 250 g d'oseille • vinaigre • 1 échalote • 10 cl de vermouth (ou de vin blanc sec) • 50 g de beurre • 4 petites louches de bouillon de volaille •

60 g de crème fraîche liquide • 2 ou 3 pincées de cerfeuil • gros sel, sel fin, poivre du moulin

La veille, lavez la crépine dans de l'eau. Laissez-la tremper toute la nuit au réfrigérateur.

Lavez les feuilles de chou dans de l'eau vinaigrée. Portez une grande quantité d'eau à ébullition. Salez-la et commencez par blanchir les 4 feuilles vertes 3 à 4 minutes. Rafraîchissez-les dans un récipient rempli d'eau bien froide avec quelques glaçons. Dès qu'elles sont froides, égouttez-les. Faites de même pour les 8 feuilles de chou plus claires.

Coupez les feuilles de chou blanchies en deux, en longeant et en éliminant la côte. Coupez à nouveau ces feuilles en deux dans l'autre sens, afin d'obtenir des triangles. Réservez les triangles des 4 feuilles vertes pour chemiser les ramequins. Émincez ceux des feuilles plus claires en lanières de 2 à 3 mm de largeur.

Préparez l'oseille en éliminant les côtes. Pelez et hachez finement l'échalote. Mettez-la dans une cocotte, versez le vermouth et faites réduire de moitié. Ajoutez les feuilles d'oseille et mélangez. Dès que l'oseille est fondue (après 3 minutes environ), salez, poivrez et mélangez. Versez l'oseille sur une assiette et laissez-la refroidir à température ambiante.

Faites fondre 20 g de beurre dans un poêlon. Sur feu doux, faites-y suer le chou émincé, sans coloration, pendant 2 à 3 minutes. Ajoutez les escargots, mélangez, et faites cuire à nouveau 2 à 3 minutes. Salez et poivrez, puis réservez sur feu éteint.

Préchauffez le four à 180 °C (thermostat 6).

Tapissez les parois de 4 ramequins de la crépine coupée en quatre, en la laissant bien déborder afin de pouvoir recouvrir par la suite toute la préparation. Chemisez chaque ramequin de 4 triangles de chou, en disposant les pointes des triangles au centre. Laissez-les également déborder afin de pouvoir les rabattre par la suite. Salez légèrement. Répartissez dans le fond de chaque ramequin la moitié de l'oseille, puis la préparation de chou émincé en mettant 8 escargots par ramequin. Finissez de garnir les ramequins en répartissant le reste de l'oseille. Pliez les feuilles de chou, tassez la farce et rabattez la crépine.

Beurrez généreusement un plat allant au four. Démoulez les crépinettes et disposez-les dans ce plat. Arrosez de 3 à 4 petites louches de bouillon de volaille, puis glissez le plat dans le four. Laissez cuire les crépinettes en les arrosant d'eau froide toutes les 2 à 3 minutes.

Après 15 minutes de cuisson, versez la crème fraîche dans le plat et prolongez la cuisson 5 minutes. Une fois les crépinettes cuites, parsemez la crème de 2 ou 3 pincées de cerfeuil concassé grossièrement et servez aussitôt.

Entrées

JEAN-MARC DELACOURT

Flans de chèvre frais au basilic, figues fraîches en salade

Pour 8 personnes

100 g de fromage de chèvre frais • 4 figues • 8 petites feuilles d'épinards • 9 jaunes d'œufs • 2 feuilles de basilic concassées • 30 cl de crème fraîche liquide • 20 g de beurre en pommade • huile d'olive • vinaigre balsamique • sel fin, poivre du moulin

Éliminez les tiges et les côtes des feuilles d'épinards. Portez de l'eau à ébullition dans une casserole et salez-la. Plongez-y les feuilles d'épinards et laissez-les cuire 2 à 3 minutes. Puis égouttez-les et pressez-les légèrement.

Préparez l'appareil à flan : mettez les jaunes d'œufs dans le bol d'un mixeur, ajoutez le fromage de chèvre, les feuilles d'épinards et de basilic. Mixez le tout. Salez légèrement, poivrez, ajoutez la crème fraîche et mixez un court instant, juste le temps de mélanger.

Préchauffez le four à 130 °C (thermostat 4).

À l'aide d'un pinceau, enduisez grassement 4 ramequins de beurre en pommade. Répartissez l'appareil à flan dans ces ramequins.

Mettez dans le fond d'un plat de cuisson une feuille de papier sulfurisé, avec quelques encoches pour éviter d'éventuelles éclaboussures à la cuisson, et posez les ramequins sur la feuille.

Ajoutez de l'eau chaude jusqu'à mi-hauteur des ramequins, portez à frémissements, couvrez et glissez dans le four. Baissez la température à 100 °C (thermostat 3) et laissez cuire 1 heure.

Sortez les flans du four, laissez-les reposer à température ambiante 5 à 10 minutes, puis démoulez-les sur un plat de service.

Lavez et essuyez les figues, coupez-les en deux dans la longueur, puis émincez chaque moitié en tranches de 2 à 3 mm d'épaisseur.

Disposez ces tranches sur le plat de service avec les flans de chèvre au basilic. Assaisonnez les figues d'un filet d'huile d'olive et de vinaigre balsamique et d'un tour de moulin à poivre.

Servez aussitôt.

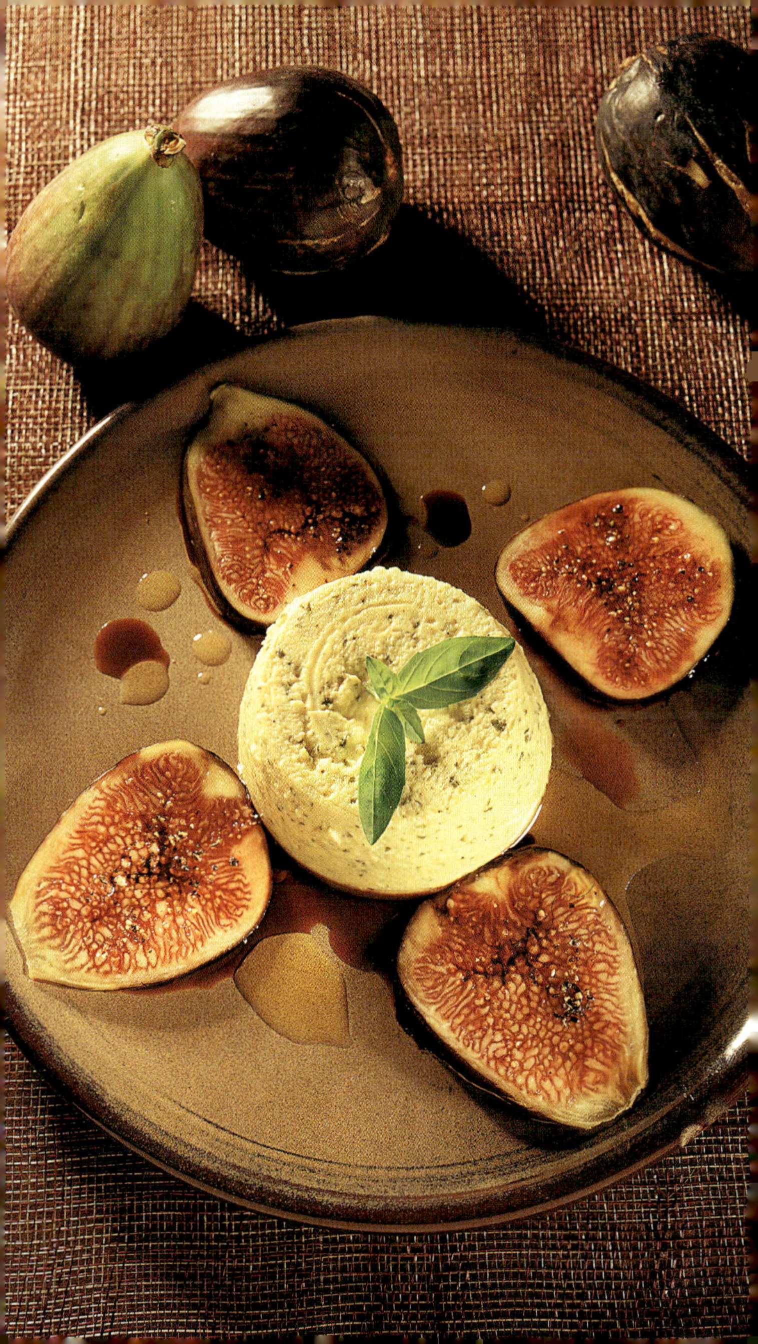

Entrées

PHILIPPE BRAUN

Fondants de légumes épicés à l'avocat

Pour 6 personnes

150 g de tomates • 150 g de concombre •
1 gros poivron rouge à chair épaisse (150 g) •
3 feuilles de gélatine • 1 gousse d'ail •
3 cuil. à soupe de vinaigre de vin rouge •
1/2 quartier d'oignon • 10 gouttes de Tabasco •
cumin en poudre • sel fin

• **Crème d'avocats :**
2 avocats bien mûrs • 1 jaune d'œuf •
10 cl d'eau tiède • huile d'olive •
1 citron vert • cumin en poudre • sel fin

Faites tremper les feuilles de gélatine dans un saladier d'eau fraîche.

Préparez le fondant de légumes : lavez les tomates et coupez-les en quartiers. Pelez et épépinez le concombre et le poivron rouge. Pelez, coupez en deux et dégermez la gousse d'ail.

Mettez le tout dans un mixeur, ajoutez le vinaigre de vin, l'oignon, le Tabasco et 2 pincées de cumin. Mixez à grande vitesse pendant 2 minutes. Passez ce coulis dans un chinois (ou une passoire), puis pressez avec une louche pour obtenir le maximum de coulis.

Égouttez les feuilles de gélatine. Dans une petite casserole, faites tiédir un tiers du coulis de légumes. Incorporez au fouet les feuilles de gélatine et faites-les fondre. Passez ce mélange dans une passoire plus fine, assaisonnez de 2 pincées de sel, puis mélangez avec le coulis de légumes restant.

Versez le fondant de légumes dans 6 verres à pied ou 6 coupes en verre, en veillant à laisser assez d'espace pour le napper de la crème d'avocats. Entreposez 2 heures au réfrigérateur.

Coupez en deux les avocats avec un petit couteau d'office, dénoyautez-les, puis découpez la chair en dés. Mixez le jaune d'œuf, 10 cl d'eau tiède, 1 pincée de sel, tout en versant doucement 10 cl d'huile d'olive. Ajoutez à l'émulsion les dés d'avocats et le jus du citron vert. Mixez pendant 2 minutes, jusqu'à ce que l'émulsion ait l'aspect d'une crème onctueuse (si besoin est, ajoutez 1 cuillerée à soupe d'eau), et assaisonnez avec un peu de sel.

Sortez du réfrigérateur les fondants de légumes et nappez-les d'une grosse cuillerée à soupe de crème d'avocats. Pour finir, versez quelques gouttes d'huile d'olive et saupoudrez d'1 pincée de cumin en poudre.

Astuce :
- Pour bien uniformiser la crème d'avocats, tapotez le pied du verre, ou la base de la coupe, délicatement sur un torchon.

Entrées

CHRISTOPHE MOISAND

Fonds d'artichauts au chèvre frais et à l'huile de cacahuète

Pour 4 personnes

4 artichauts • 250 g de fromage de chèvre frais •
5 cuil. à soupe d'huile de cacahuète • 2 citrons •
2 cuil. à soupe d'huile d'olive • 3 cuil. à soupe
de vinaigre balsamique • 40 g d'olives niçoises •
50 g de tétragones (ou de pousses d'épinards) •
2 tomates • 2 cuil. à soupe de crème fraîche liquide •
sel fin, poivre du moulin

Tournez à cru le fond des 4 artichauts, citronnez-les afin qu'ils ne noircissent pas puis réservez-les dans de l'eau froide citronnée. **Faites chauffer** 2 cuillerées à soupe d'huile d'olive dans une cocotte. Égouttez les fonds d'artichauts, disposez-les dans la cocotte et enrobez-les de matière grasse. Mouillez avec de l'eau aux trois quarts de leur hauteur, ajoutez le jus des citrons, salez et couvrez. Laissez cuire à frémissements 10 à 15 minutes : les fonds doivent être un tout petit peu fermes (vérifiez leur cuisson en les piquant avec la pointe d'un couteau, qui doit s'enfoncer facilement). Lorsqu'ils sont cuits, égouttez-les et laissez-les refroidir à température ambiante (surtout pas au réfrigérateur). **Préparez** une vinaigrette en mélangeant au fouet 2 cuillerées à soupe de vinaigre balsamique, 1 pincée de sel et du poivre. Incorporez ensuite 4 cuillerées à soupe d'huile de cacahuète.

Fendez les olives en deux, dénoyautez-les puis coupez-les en petits morceaux. Lavez les tétragones, égouttez-les, éliminez les tiges, coupez-en 15 g en chiffonnade et réservez le reste pour la présentation.

Pelez les tomates, fendez-les en deux, épépinez-les et coupez la chair en petits dés.

Écrasez le fromage de chèvre à la fourchette, mélangez-le délicatement avec les olives, la chiffonnade de tétragones et les dés de tomates. Incorporez la crème fraîche, puis 1 cuillerée à soupe d'huile de cacahuète. Salez légèrement, poivrez et ajoutez 1 cuillerée à soupe de vinaigre balsamique.

Disposez les feuilles de tétragones sur un plat de service, recouvrez des fonds d'artichauts ; garnissez-les du mélange au fromage de chèvre et assaisonnez avec la vinaigrette. Servez avec des tranches de pain de campagne grillées.

Astuce :
- Vous pouvez préparer l'appareil au fromage de chèvre quelques heures à l'avance, la veille pour le lendemain par exemple, en le réservant au réfrigérateur.

BRU WOUT

Galette provençale aux tomates et olives noires

> **Pour 4 personnes**
>
> 1 fond de tarte de pâte feuilletée (de 20 cm environ) •
> 4 tomates moyennes • 8 olives niçoises •
> 2 oignons moyens • 2 cuil. à soupe d'huile d'olive •
> 1 cuil. à café de sucre semoule • 1 gousse d'ail •
> 10 feuilles de basilic • vinaigre balsamique •
> sel fin, poivre du moulin, fleur de sel

Pelez puis émincez finement les oignons.

Faites chauffer 1 cuillerée à soupe d'huile d'olive dans une cocotte, faites-y suer les oignons, saupoudrez-les du sucre semoule, salez et poivrez. Ajoutez 2 cuillerées à soupe d'eau froide si les oignons commencent à colorer. Laissez compoter 30 minutes à feu doux, en remuant de temps en temps.

Préchauffez le four à 180 °C (thermostat 6).

Couvrez une plaque de cuisson d'une feuille de papier sulfurisé. Dressez dessus le fond de tarte de pâte feuilletée, recouvrez-le d'une feuille de papier sulfurisé, puis d'une seconde plaque de cuisson de façon à ce que le fond de tarte soit bien compressé tout au long de la cuisson. Glissez dans le four et comptez 10 à 12 minutes de précuisson.

Pelez et hachez finement la gousse d'ail. Coupez 5 feuilles de basilic en fines lanières. Coupez les tomates non pelées en fines rondelles.

Passez le four à 200 °C (thermostat 6-7).

Quand le fond de tarte est précuit, étalez dessus les oignons compotés, répartissez l'ail haché et les feuilles de basilic ciselées.

Couvrez la surface de la tarte avec les rondelles de tomates, en laissant un bord libre de 5 mm tout autour. Ajoutez les olives. Salez, poivrez, arrosez d'un filet d'huile d'olive.

Glissez la galette provençale dans le four, baissez aussitôt la chaleur à 180 °C (thermostat 6) et comptez 10 minutes de cuisson.

La cuisson terminée, arrosez la galette d'un filet d'huile d'olive et de vinaigre balsamique, parsemez d'une pincée de fleur de sel et des feuilles de basilic restantes.

Dégustez en hors-d'œuvre ou à l'apéritif.

Entrées

Françoise Dépée

Légumes marinés à la coriandre

Pour 4 personnes

2 bouquets de chou-fleur •
1 morceau de concombre (15 cm environ) •
1 poivron rouge • 1 poivron vert • 2 petites courgettes • 1 branche de céleri •
2 carottes • 50 g de raisins de Corinthe •
2 cuil. à soupe d'huile d'olive • quelques pluches de coriandre ciselées

> **Marinade :**
> 10 gousses d'ail • 75 cl de vinaigre d'alcool •
> 120 g de sucre semoule • 10 feuilles de laurier •
> 20 clous de girofle • 1 poignée de graines
> de coriandre • sel fin

Pelez et fendez en deux les gousses d'ail.

Versez 2 litres d'eau dans une casserole, ajoutez le vinaigre, le sucre, les gousses d'ail, les feuilles de laurier, les clous de girofle et les graines de coriandre. Salez, donnez une bonne ébullition, puis laissez infuser sur feu éteint.

Lavez les bouquets de chou-fleur, le concombre, les poivrons, les courgettes et la branche de céleri. Épépinez les poivrons. Pelez les carottes. Éliminez les graines du morceau de concombre. Coupez le concombre, les carottes, les poivrons, les courgettes et le céleri en bâtonnets de 6 à 7 cm de long. Coupez les bouquets de chou-fleur en petites sommités.

Mettez les raisins secs dans un petit récipient, recouvrez-les d'une louche de marinade chaude (ils doivent être bien immergés) et laissez-les mariner.

Filtrez le reste de la marinade dans une passoire pour ne conserver que le liquide. Versez-le dans une casserole, portez à ébullition et faites-y cuire les légumes, en commençant par le chou-fleur. Lorsqu'il est cuit mais encore un peu ferme (4 à 5 minutes), égouttez-le et laissez-le refroidir. Plongez ensuite les bâtonnets de carottes. Après 2 à 3 minutes de cuisson, ajoutez les autres légumes (concombre, poivrons, céleri, courgettes) et poursuivez la cuisson pendant 3 minutes (comme pour le chou-fleur, ces légumes doivent être encore un peu fermes). Égouttez-les et laissez-les refroidir.

Disposez les bâtonnets de légumes, sauf le chou-fleur, dans un saladier. Versez les raisins secs, avec leur marinade, puis l'huile d'olive et mélangez.

Répartissez les sommités de chou-fleur par-dessus, parsemez de 2 ou 3 pincées de pluches de coriandre ciselées et dégustez aussitôt.

JEAN-YVES MASSONNET

Marbré de chèvre frais aux jeunes poireaux et frisée à l'huile de noix

Pour 6 personnes

2 faisselles de chèvre frais (d'environ 300 g chacune) • 3 jeunes poireaux • 1,5 litre de bouillon de volaille • 2 cuil. à soupe de vinaigre de vin • 7 cuil. à soupe d'huile de noix • 2 poignées de frisée • 70 g de cerneaux de noix • sel fin, fleur de sel, poivre du moulin

Épluchez les poireaux et ne conservez que les blancs. Lavez-les dans de l'eau tiède de préférence et ficelez-les en botte. Portez le bouillon de volaille à ébullition, plongez-y la botte de poireaux et comptez 20 minutes de cuisson. Au terme de la cuisson, égouttez la botte et laissez-la refroidir à température ambiante.

Coupez chaque faisselle de chèvre frais en 4 tranches dans la longueur (seules 6 tranches seront utilisées pour cette recette). Prenez une petite terrine d'environ 20 cm de long et 5 cm de large. Pour faciliter le démoulage, badigeonnez-la bien d'eau froide avec un pinceau, puis chemisez-la d'un large film transparent afin de pouvoir recouvrir, par la suite, toute la préparation.

Montez la terrine : déficelez les poireaux et fendez-les en deux dans le sens de la longueur. Disposez 2 tranches de faisselle dans le fond de la terrine, salez-les légèrement et poivrez-les. Recouvrez-les de 3 moitiés de blancs de poireaux, en mettant la surface plate vers l'intérieur. Salez et poivrez. Continuez le montage de la terrine, en alternant faisselle et poireaux, sans oublier d'assaisonner entre les couches. Rabattez le film transparent sur la préparation et placez au réfrigérateur au moins 2 heures.

Préparez la vinaigrette avec 2 pincées de sel, le vinaigre et l'huile de noix. Poivrez et mélangez bien.

Lavez et essorez la frisée. Assaisonnez-la de 4 cuillerées à soupe de vinaigrette. Ajoutez les cerneaux de noix et mélangez bien. Disposez-la au centre du plat de service.

Sortez la terrine du réfrigérateur, retirez le film transparent et démoulez-la. Coupez le marbré en 6 tranches épaisses.

Disposez ces tranches autour de la salade, nappez-les d'un petit cordon de vinaigrette et ajoutez 1 pincée de fleur de sel et 1 tour de poivre du moulin.

Astuces :
- Si vous le pouvez, préparez la terrine la veille.
- Pour couper le marbré avec plus de facilité, trempez la lame du couteau dans de l'eau chaude ou essuyez-le sur du papier absorbant entre chaque tranche.

Entrées

Jean-Marc Delacourt

Marmelade d'aubergines en coque de tomate

Pour 4 personnes

2 petites aubergines • 4 petites tomates •
4 petits oignons blancs • 2 gousses d'ail •
1 brindille de thym • 1 petite feuille de laurier •
1 cuil. à café rase de crème de sésame
(ou de mayonnaise) • 2 cuil. à café de jus de citron •
6 cuil. à soupe d'huile d'olive • 80 g de mesclun •
1 cuil. à soupe de vinaigre balsamique •
sel fin, poivre

Lavez les aubergines, essuyez-les, éliminez les extrémités et taillez-les en morceaux de 2 cm environ. Pelez et émincez finement les oignons. Pelez et hachez les gousses d'ail.

Faites chauffer 2 cuillerées à soupe d'huile d'olive dans un poêlon, ajoutez les oignons et faites-les suer pendant 1 minute. Ajoutez les morceaux d'aubergines, faites-les suer 1 à 2 minutes en remuant à la spatule.

Baissez le feu et ajoutez les gousses d'ail en mélangeant bien, la brindille de thym et la feuille de laurier. Salez, poivrez, couvrez et laissez cuire à feu doux 20 à 25 minutes en remuant de temps en temps.

Lavez les tomates mais gardez les pédoncules. Décalottez-les du côté du pédoncule, aux trois quarts de leur hauteur, et conservez les chapeaux. Retirez les graines avec une cuiller à café. Salez l'intérieur d'1 bonne pincée de sel, retournez-les sur une grille et laissez-les dégorger à température ambiante pendant 20 minutes.

Lorsque les aubergines sont cuites, retirez la feuille de laurier et la brindille de thym. Mettez les aubergines dans le bol d'un mixeur, ajoutez la crème de sésame, le jus de citron, 2 cuillerées à soupe d'huile d'olive et mixez afin d'obtenir une consistance de marmelade. Rectifiez l'assaisonnement et laissez refroidir à température ambiante.

Garnissez copieusement les tomates de cette marmelade avec une cuiller à café et posez les chapeaux dessus.

Lavez le mesclun et dressez-en un lit sur un plat de service. Arrosez-le d'un filet d'huile d'olive et de quelques gouttes de vinaigre balsamique. Salez, poivrez, puis disposez les tomates dessus. Servez en hors-d'œuvre.

Astuce :

- Si vous souhaitez servir ces tomates chaudes en garniture, arrosez-les d'un petit filet d'huile d'olive et faites-les cuire au four comme des tomates farcies traditionnelles.

Entrées

SONIA EZGULIAN

Mille-feuilles de légumes confits

Pour 2 personnes

3 tomates • 1 aubergine • 1 courgette •
30 cl d'huile d'olive •
quelques brindilles de thym •

1 poignée de feuilles de basilic •
4 tranches de mozzarella •
fleur de sel, sel fin, poivre du moulin

Préchauffez le four à 100 °C (thermostat 3).

Lavez et mondez les tomates, coupez-les en quartiers et retirez les graines afin d'obtenir des pétales.

Nappez le fond d'un plat de cuisson de 3 cuillerées à soupe d'huile d'olive. Salez et poivrez, parsemez de thym puis disposez les pétales de tomates. Glissez le plat dans le four, laissez confire 1 heure, en retournant les pétales à mi-cuisson.

Lavez l'aubergine, coupez-en 4 tranches de 1 cm d'épaisseur. Faites chauffer 6 cuillerées à soupe d'huile d'olive dans une poêle. Faites-y cuire et colorer les tranches d'aubergine sur feu doux, 5 minutes de chaque côté ; elles doivent être très moelleuses. Posez-les sur du papier absorbant et réservez-les.

Lavez la courgette, coupez-la en tranches de 5 mm d'épaisseur et légèrement en biseau. Colorez-les de chaque côté sur un gril très chaud ; elles doivent être croquantes.

Mixez les feuilles de basilic avec 10 cl d'huile d'olive et 2 ou 3 pincées de sel fin, puis incorporez en filet, et tout en émulsionnant, 10 cl d'huile d'olive supplémentaires.

Sur des assiettes individuelles, superposez 1 tranche d'aubergine, 3 pétales de tomates confits, assaisonnez d'un peu de fleur de sel et de poivre du moulin, puis superposez 1 tranche de mozzarella, 3 rondelles de courgette, salez et poivrez de nouveau. Effectuez cette superposition d'ingrédients une seconde fois.

Placez ces mille-feuilles de légumes au réfrigérateur pour qu'ils soient bien froids au moment de la dégustation. Juste avant de passer à table, nappez-les d'1 cuillerée à soupe d'huile au basilic et versez-en un cordon tout autour.

Dégustez ces mille-feuilles de légumes en hors-d'œuvre, ou en plat principal avec une salade.

Astuces :

- Les pétales de tomates confites peuvent se conserver 1 semaine au réfrigérateur, dans un bocal, recouverts d'huile d'olive.
- Avant de mixer le basilic, entreposez les 20 cl d'huile d'olive nécessaires 20 minutes au réfrigérateur, ce qui empêchera le basilic de noircir pendant le mixage. Cette huile au basilic se conserve 1 semaine au réfrigérateur.

Entrées

PHILIPPE REDON

Navets cuits en braisière avec pomme et gésiers confits

Pour 4 personnes

4 navets moyens • 1/2 pomme •
300 g de gésiers confits de poulet (ou de canard) •
1 cuil. à soupe de graisse de canard •
5 g de sucre semoule • 200 g de feuilles
de pissenlits • 2 cuil. à soupe de vinaigre balsamique
de pomme (ou de xérès ou balsamique) •
sel fin, poivre du moulin

Éliminez les fanes des navets, ne les pelez pas mais lavez-les puis coupez-les en six.

Faites fondre la graisse de canard dans un poêlon. Faites-y cuire les morceaux de navets 5 minutes environ jusqu'à ce qu'ils blondissent. Assaisonnez d'1 petite pincée de sel et du sucre semoule, couvrez et laissez cuire 10 minutes sur feu doux. Épluchez la demi-pomme, coupez-la en morceaux à peu près de la même grosseur que les morceaux de navets. Lavez les feuilles de pissenlits et essorez-les.

Lorsque les navets sont cuits, ajoutez les gésiers confits dans le poêlon, mélangez, couvrez et laissez chauffer 2 minutes. Ajoutez les morceaux de pomme, poivrez généreusement et, tout en remuant, faites-les colorer 2 à 3 minutes. Retirez le poêlon du feu, ajoutez le vinaigre et mélangez.

Disposez les feuilles de pissenlits dans un saladier, ajoutez les gésiers confits, les morceaux de navets et de pomme ansi que leur jus de cuisson, mélangez et servez en hors-d'œuvre.

Entrées

FRÉDÉRIC ANTON

Œufs en cocotte, crème légère aux épinards

Pour 3 personnes

6 œufs • 250 g d'épinards •
100 g de beurre • 1 pain de campagne •
100 g de bouillon de volaille • 5 g d'amidon de maïs •
30 g de crème fraîche liquide • noix de muscade •
sel fin, fleur de sel, gros sel, poivre du moulin

Lavez et équeutez les épinards. Mettez de l'eau à bouillir dans une grande marmite, salez au gros sel (environ 10 g de gros sel par litre d'eau), plongez-y les épinards et faites-les cuire 3 minutes à ébullition.

Retirez les épinards avec une écumoire et plongez-les aussitôt dans de l'eau bien froide. Égouttez-les, pressez-les légèrement entre les mains pour retirer l'excédent d'eau. Mixez-les en fine purée.

Préparez le beurre d'épinards : prélevez 2 cuillerées à soupe de la purée et mélangez-les avec 50 g de beurre ramolli. Salez, poivrez et réservez à température ambiante.

Préparez les mouillettes (3 par personne) : coupez des tranches épaisses de pain de campagne et détaillez-les dans la longueur en bâtonnets assez épais pour avoir une longueur de chaque mouillette avec de la croûte. Beurrez les mouillettes avec le beurre d'épinards sur le dessus et le côté où il n'y a pas de croûte. Conservez un peu de beurre pour beurrer les tasses dans lesquelles cuiront les œufs. Disposez les mouillettes, côté non beurré, sur une plaque allant au four.

Préchauffez le four à 180 °C (thermostat 6).

Beurrez l'intérieur de 6 petites tasses avec le reste de beurre d'épinards, jusqu'à 5 mm au-dessous du bord.

Préparez la crème d'épinards : mettez la purée d'épinards restante dans une casserole, détendez-la avec le bouillon de volaille, chauffez, mais sans porter à ébullition. Délayez l'amidon de maïs avec 1 cuillerée à soupe d'eau froide. Lorsque la purée d'épinards commence à frémir légèrement, incorporez, petit à petit, sur feu doux, et sans cesser de fouetter, l'amidon de maïs délayé, la crème, 50 g de beurre froid coupé en petits morceaux. Salez, poivrez et ajoutez 1 râpure de noix de muscade. Réservez la sauce sur feu doux : elle ne doit pas bouillir.

Cassez les œufs, un par un, dans les tasses. Ajoutez un peu de fleur de sel et de poivre du moulin.

Préparez un bain-marie : placez au fond d'une cocotte allant au four du papier absorbant, dans lequel vous faites quelques trous pour éviter les éclaboussures sur les œufs, lors de leur cuisson dans le four. Déposez les tasses dans la cocotte et remplissez-la d'eau aux trois quarts de la hauteur des tasses. Portez à frémissements.

Dès que l'eau frémit, couvrez la cocotte avec un couvercle (ou une feuille de papier d'aluminium) et glissez-la dans le four. Sortez-la du four après 8 minutes de cuisson.

Mettez le four en position gril et glissez-y les mouillettes juste le temps de les dorer.

Pendant ce temps, émulsionnez la crème d'épinards et répartissez-la sur les œufs. Servez 2 œufs par personne, accompagnés de 3 mouillettes.

Astuces :
- Plus le feu est doux, plus la crème d'épinards restera verte. En revanche, si vous la faites bouillir, la chlorophylle de l'épinard s'en ira et la crème deviendra jaune.
- Le bain-marie permet une cuisson régulière des œufs.

Entrées

JEANNE MORENI-GARRON

Œufs en cocotte à la provençale

Pour 4 personnes

4 gros œufs • 4 tomates • 1 gousse d'ail •
2 cuil. à soupe d'huile d'olive • sucre semoule •
1 cuil. à soupe de persil plat concassé •
4 petites feuilles de basilic • beurre •
sel fin, poivre du moulin

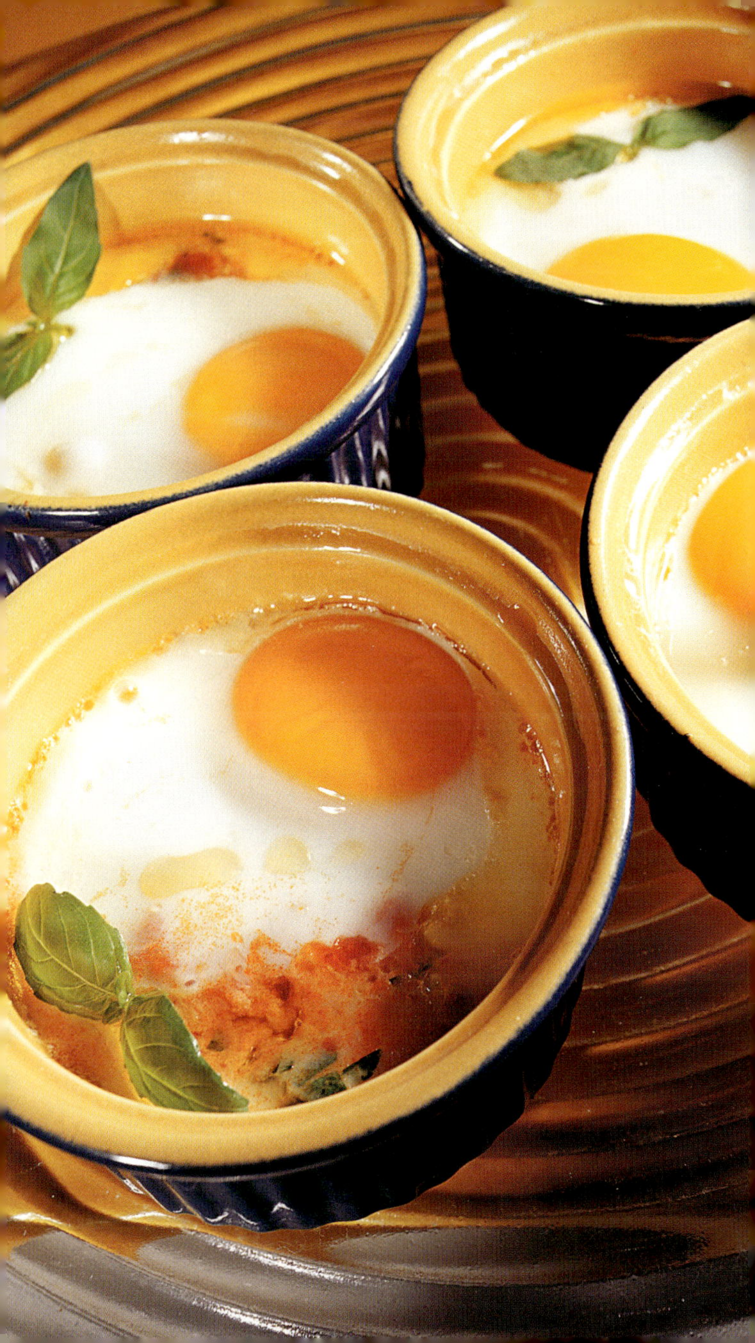

Lavez et mondez les tomates, fendez-les en quatre, épépinez-les et coupez la pulpe en petits dés. Pelez puis hachez finement la gousse d'ail.

Faites chauffer l'huile d'olive dans un poêlon et faites-y suer les dés de tomates. Salez, poivrez, ajoutez 1 pincée de sucre semoule, la gousse d'ail hachée et le persil plat.

Beurrez 4 ramequins. Disposez une feuille de papier sulfurisé au fond d'une cocotte et posez les 4 ramequins dessus.

Répartissez la concassée de tomates dans les ramequins. Ajoutez 1 œuf dans chacun, salez, poivrez.

Remplissez la cocotte d'eau jusqu'aux deux tiers de la hauteur des ramequins, portez à frémissements, couvrez et laissez cuire 15 minutes. La cuisson terminée, ajoutez sur chaque œuf 1 petite feuille de basilic.

Dégustez sans attendre avec des mouillettes.

Entrées

ALAIN DUTOURNIER

Omelette plate aux pommes de terre

Pour 4 personnes

500 g de pommes de terre
(charlotte ou belle de Fontenay) • 8 œufs •
8 gousses d'ail • 2 cuil. à soupe de graisse d'oie •
40 g de gras de jambon • 1 cuil. à café
de piment d'Espelette moulu • sel fin

Dans une poêle, faites fondre la graisse d'oie et le gras de jambon. **Pelez** les gousses d'ail, coupez-les en deux et dégermez-les. Épluchez les pommes de terre et lavez-les. Avec la pointe d'un économe, coupez des petits morceaux de pomme de terre en les faisant tomber directement dans la poêle sur feu doux. Ajoutez l'ail, mélangez afin de bien enrober les ingrédients dans la graisse. Couvrez et laissez cuire sur feu doux pendant 30 minutes en remuant de temps en temps.

Lorsque les pommes de terre sont confites, retirez l'excédent de graisse avec une cuiller à soupe en penchant doucement la poêle. Salez avec modération, ajoutez le piment d'Espelette et poursuivez la cuisson sur feu doux le temps de préparer les œufs.

Dans un récipient, battez les œufs à la fourchette avec 1 pincée de sel et 1 pincée de piment d'Espelette.

Faites chauffer une seconde poêle de même taille que celle contenant les pommes de terre et gardez-la chaude à disposition.

Sur feu plus vif, versez les œufs battus sur les pommes de terre. Lorsqu'ils commencent à prendre, continuez la cuisson à feu doux en remuant délicatement avec une spatule. Quand l'omelette est pratiquement cuite, retournez la seconde poêle chaude sur celle garnie, puis retournez le tout de façon à terminer la cuisson de l'omelette sur l'autre face dans la nouvelle poêle (environ 2 minutes de cuisson supplémentaire).

Dégustez avec un vin blanc sec.

ANDRÉ GAUZÈRE

Paillassons de légumes au cerfeuil

Pour 4 personnes

220 g de carottes • 110 g de céleri-rave •
1 citron • 2 œufs • 15 cl de lait écrémé •
piment d'Espelette en poudre • 20 g de beurre •
2 cuil. à soupe de cerfeuil concassé • 1 échalote •
1 tomate • 25 cl de bouillon de volaille •
50 g de fromage blanc à 0 % • sel fin

Épluchez les carottes et le céleri-rave, puis taillez-les en juliennes. Citronnez celle de céleri.

Portez de l'eau à ébullition dans une casserole. Faites-y blanchir les juliennes de légumes puis égouttez-les.

Préparez un appareil à flan : fouettez les œufs dans un saladier, versez le lait écrémé, salez et ajoutez 2 pincées de piment d'Espelette.

Préchauffez le four à 150 °C (thermostat 5).

Beurrez 4 petits moules ronds de 8 à 10 cm de diamètre et 1 à 2 cm de hauteur. Répartissez le cerfeuil concassé dans ces moules, puis les juliennes de légumes ; versez ensuite délicatement l'appareil à flan.

Mettez du papier sulfurisé avec quelques encoches au fond d'un large poêlon allant au four, disposez dessus les 4 petits moules. Versez de l'eau aux trois quarts de leur hauteur et faites frémir. Lorsque l'eau est bien chaude, couvrez, enfournez le poêlon et faites cuire 25 minutes.

Pelez et ciselez finement l'échalote. Lavez et mondez la tomate, puis coupez-la en quatre, épépinez-la et coupez la pulpe en petits dés. Dans une petite casserole, portez à frémissements le bouillon de volaille avec l'échalote ciselée et les dés de tomate ; laissez cuire 5 minutes. Retirez la casserole du feu, incorporez le fromage blanc, mixez avec un mixeur plongeant, salez et ajoutez 1 pincée de piment d'Espelette, mélangez au fouet.

Lorsque les paillassons sont cuits, laissez-les tiédir 5 minutes, puis démoulez-les. Disposez-les dans des assiettes individuelles, versez la sauce tout autour et dégustez sans attendre.

Entrées

MARC MENEAU

Pétales de betteraves au caviar d'aubergines

Pour 4 personnes

4 betteraves cuites • 4 aubergines •
1 filet de jus de citron •
2 cuil. à soupe d'huile d'olive •
5 cl de crème fraîche liquide •
1 salade roquette • un peu de ciboulette •
quelques graines de coriandre •
1 cuil. à soupe de vinaigre de xérès •
sel fin, poivre du moulin

La veille, préparez les betteraves : émincez-les en fines lamelles, puis, avec un emporte-pièce, taillez-les en pétales de 5 cm de diamètre. Disposez-les sur un plat en formant 4 rangées de 10 pétales. Salez, poivrez, puis badigeonnez-les au pinceau du jus de citron et d'1 cuillerée à soupe d'huile d'olive. Couvrez d'un film étirable et réservez une nuit au réfrigérateur.

Le lendemain, préchauffez le four à 180-200 °C (thermostat 6-7). Lavez et essuyez les aubergines. Enveloppez-les dans une feuille de papier d'aluminium, puis enfournez-les. Après 20 à 25 minutes de cuisson, sortez-les du four et, sans les laisser refroidir, coupez-les en deux, récupérez la pulpe et le jus rendu à la cuisson. Versez cette pulpe dans le mixeur, poivrez et salez. **Mixez** en versant peu à peu 10 cl d'huile d'olive pour bien blanchir les aubergines. Réservez ce caviar d'aubergines à température ambiante.

Préparez la crème aigre : placez dans un récipient la crème fraîche, salez, poivrez et versez le vinaigre de xérès. Mélangez au fouet.

Sortez les betteraves du réfrigérateur. Disposez 5 pétales sur chaque assiette de service, versez dessus une demi-cuillerée à soupe de caviar d'aubergines, puis recouvrez chaque pétale d'un autre pétale de betterave.

Coupez la ciboulette en bâtonnets et écrasez les graines de coriandre. Lavez et essorez la roquette, puis mettez-la dans un saladier et assaisonnez-la de 2 cuillerées à soupe de crème aigre. Mettez un bouquet de roquette au centre des pétales de betteraves au caviar d'aubergines, puis parsemez de ciboulette et de graines de coriandre écrasées.

Astuce :
- Vous pouvez préparer les assiettes 2 heures à l'avance, mais ne les mettez surtout pas au réfrigérateur.

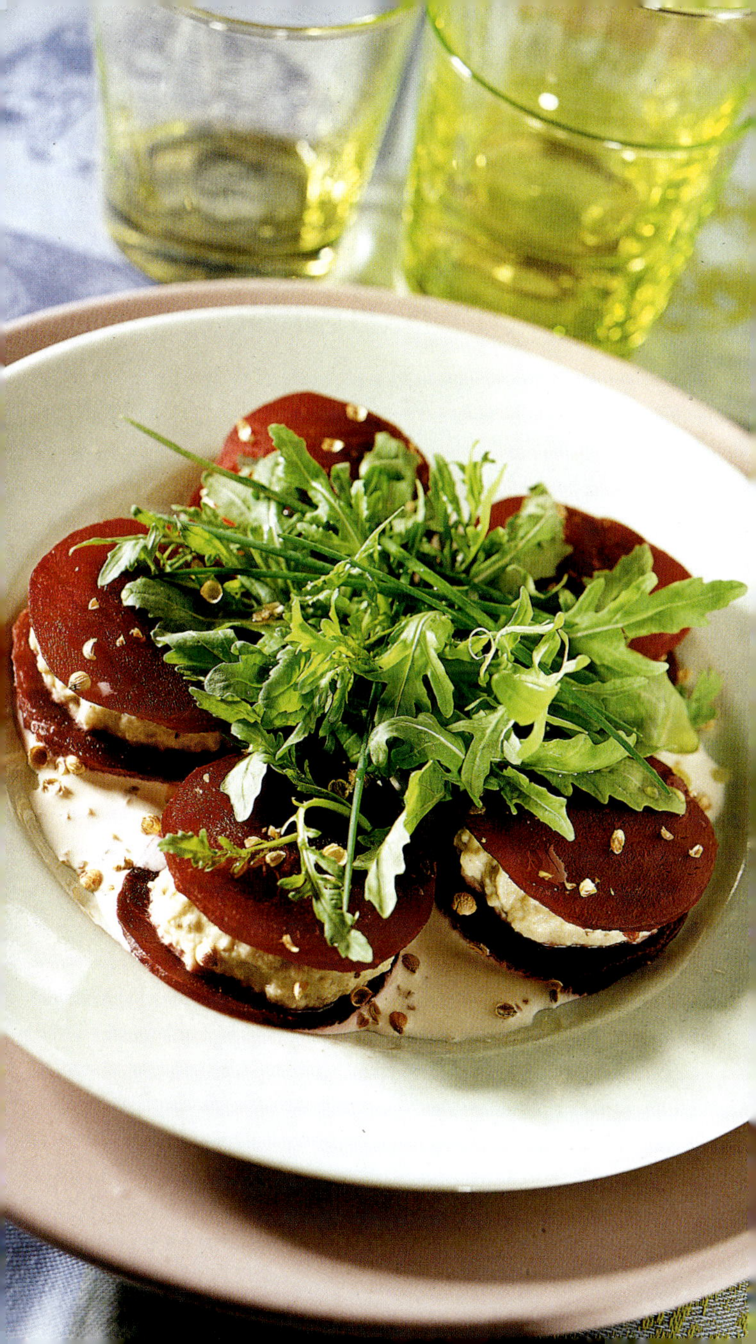

Entrées

ROGER VERGÉ

Petits artichauts violets à la barigoule

Pour 4 personnes

12 petits artichauts violets • 1 citron •
5 cl de vin blanc sec • 10 cl de bouillon de volaille
(ou de viande) • 1 cuil. à soupe de persil •
1 cuil. à soupe de basilic • sel fin, poivre

• **Barigoule :**
6 petits oignons blancs • 2 carottes moyennes •
4 gousses d'ail • 4 cuil. à soupe
d'huile d'olive • 1 petite feuille de laurier •
1 branche de thym • 50 g d'olives vertes •
sel fin, poivre du moulin

Avec un couteau, retirez les premières feuilles des artichauts. Raccourcissez les queues (en ne laissant que 2 cm) et pelez-les pour enlever la partie filandreuse. Retirez le sommet des artichauts afin de ne garder que la partie tendre et mettez-les à tremper dans de l'eau froide citronnée.

Préparez la barigoule : coupez les oignons en rondelles. Épluchez et émincez les carottes. Pelez les gousses d'ail, fendez-les en deux et dégermez-les ; hachez 2 gousses d'ail et réservez-les. Dans une cocotte, mettez 3 bonnes cuillerées à soupe d'huile d'olive. Ajoutez les rondelles d'oignons et de carottes et faites-les revenir 2 minutes, sans coloration. Ajoutez les 2 gousses d'ail fendues, le laurier et le thym. Dénoyautez et fendez dans la longueur les olives vertes. Portez à ébullition un peu d'eau dans une casserole, plongez-y les olives pendant 30 secondes afin de retirer le sel et de les blanchir.

Rangez les artichauts égouttés dans la cocotte ; mouillez avec le vin blanc et le bouillon de volaille. Salez, poivrez, couvrez et laissez cuire 15 à 20 minutes à feu vif. Retirez les artichauts de la cocotte et présentez-les, queue vers le haut, dans un plat de service.

Retirez le laurier et le thym de la cocotte, puis laissez réduire la sauce de moitié. Ajoutez au dernier moment les olives vertes blanchies, les 2 gousses d'ail hachées, le persil concassé et, sur feu éteint, le basilic concassé. Mélangez bien avec une cuiller en bois. Ajoutez un dernier tour de poivre du moulin.

Nappez les artichauts de barigoule et arrosez d'un dernier filet d'huile d'olive avant de servir.

Astuce :

- Pour réussir cette recette, ne mettez l'ail, le persil, le poivre qu'au dernier moment. Quant au basilic, ne le faites jamais cuire, il perdrait tout son arôme !

Entrées

MARC VEYRAT

Poireaux pochés avec une purée de céleri

Pour 4 personnes

4 blancs de poireaux • 1/4 de céleri-rave • 2 citrons • 80 g de petites pousses d'épinards • 1 cuil. à soupe d'huile de noisette • 5 cuil. à soupe d'huile d'arachide •

> 1 cuil. à soupe de vinaigre balsamique •
> 1 cuil. à soupe de ciboulette hachée • gros sel, sel fin,
> poivre du moulin

Pelez le céleri-rave, citronnez-le et coupez-le en dés.

Portez 2 litres d'eau à ébullition dans une casserole. Salez-la au gros sel et plongez-y les dés de céleri. Ajoutez le jus d'un demi-citron et laissez cuire 20 minutes à frémissements.

Nettoyez les pousses d'épinards.

Portez une grande quantité d'eau à ébullition. Salez-la au gros sel et plongez-y les pousses d'épinards. Faites-les blanchir 30 secondes et rafraîchissez-les immédiatement dans de l'eau bien froide. Égouttez-les puis mettez-les dans le bol d'un mixeur. Ajoutez l'huile de noisette, l'huile d'arachide, le vinaigre balsamique, le jus d'un demi-citron, salez, poivrez et mixez.

Épluchez et lavez soigneusement les poireaux.

Portez une grande quantité d'eau à ébullition. Salez-la au gros sel et plongez-y les blancs de poireaux. Faites-les cuire 25 à 30 minutes puis égouttez-les.

Lorsque les dés de céleri sont cuits, mettez-les dans un saladier, écrasez-les à la fourchette puis incorporez-y la ciboulette hachée.

Étalez la purée de céleri sur un plat de service, disposez les blancs de poireaux dessus puis versez tout autour un cordon de vinaigrette aux épinards. Servez sans attendre.

Entrées

Pascal Fayet

Risotto aux asperges

Pour 4 personnes

20 asperges vertes moyennes • 250 g de riz rond •
1 oignon moyen • 3 cuil. à soupe d'huile d'olive •
1,5 litre de bouillon de volaille • 50 g de beurre •
150 g de parmesan râpé • 4 cuil. à soupe
de ciboulette ciselée finement •
gros sel, fleur de sel, poivre du moulin

Pelez les asperges à l'économe, lavez-les, égouttez-les et ficelez-les en 2 bottes égales. Plongez-les dans une grande quantité d'eau portée à ébullition et salée au gros sel. Comptez 4 minutes de cuisson environ ; les asperges doivent être al dente.

Rafraîchissez-les dans de l'eau bien froide, égouttez-les et retirez les ficelles.

Coupez les pointes sur 3 cm de longueur, puis détaillez les queues en rondelles de 5 mm d'épaisseur.

Pelez et hachez finement l'oignon. Faites chauffer l'huile dans un large poêlon. Faites-y suer l'oignon 1 à 2 minutes. Ajoutez le riz, enrobez-le bien de la matière grasse avec une spatule, laissez chauffer 1 à 2 minutes. Mouillez régulièrement le riz de bouillon de volaille jusqu'à ce qu'il soit cuit (1 à 1,5 litre selon la qualité du riz) et comptez environ 15 minutes de cuisson sans cesser de remuer. Rectifiez l'assaisonnement si nécessaire.

Mettez les morceaux de queues d'asperges et le beurre coupé en morceaux dans le risotto et prolongez la cuisson de 5 minutes,

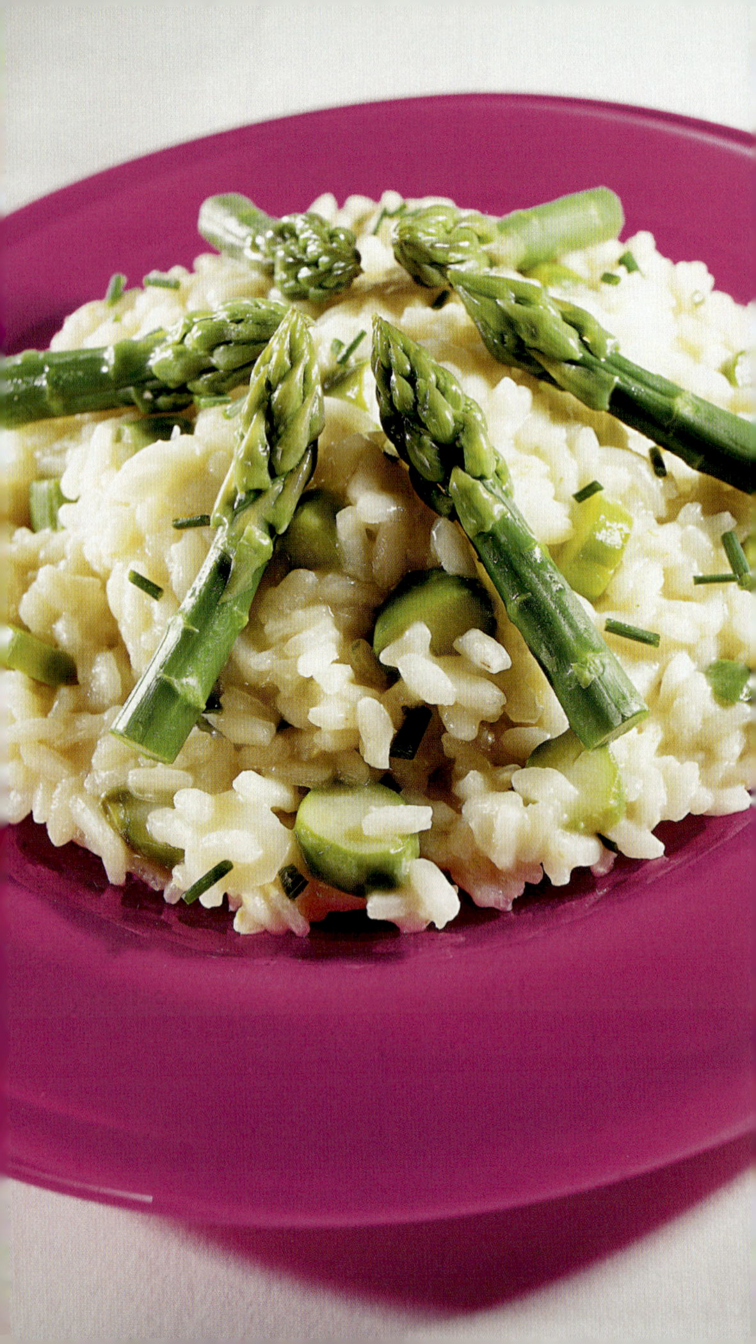

toujours en remuant délicatement. Incorporez le parmesan râpé. Le risotto doit être moelleux, onctueux.

Plongez les pointes d'asperges quelques minutes dans de l'eau bouillante, juste le temps de les réchauffer.

Dans 4 assiettes creuses, répartissez le risotto, disposez dessus les pointes d'asperges, ajoutez 1 pincée de fleur de sel et parsemez de ciboulette. Dégustez sans attendre.

Entrées

Jean-Marc Le Guennec

Rissoles de champignons printanières

Pour 2 personnes

200 g de pleurotes • 150 g de lentins de chêne (ou shiitakes) • 250 g de farine • 165 g de beurre • 25 g de sucre semoule • 1 œuf • 1 échalote • 2 cuil. à soupe de ciboulette ciselée finement • 20 cl de vinaigre balsamique • sel fin, poivre du moulin

Préparez la pâte à rissoles : mélangez la farine avec 125 g de beurre en pommade, 5 g de sel fin, le sucre semoule et l'œuf entier. Incorporez ensuite 7,5 cl d'eau froide. Rassemblez la pâte en boule, enveloppez-la d'un film alimentaire et placez-la au réfrigérateur 24 heures de préférence, 2 heures au minimum.

Nettoyez puis émincez les pleurotes et les lentins de chêne. Pelez et hachez finement l'échalote.

Dans une poêle, faites suer l'échalote hachée avec le restant de beurre, salez et poivrez. Faites-y sauter les champignons émincés. En fin de cuisson, salez et poivrez, ajoutez la ciboulette et mélangez. Retirez la poêle du feu et laissez refroidir pendant 1 heure.

Préchauffez le four à 180 °C (thermostat 6).

Étalez la pâte à rissoles sur une épaisseur de 2 à 3 mm. Disposez cette abaisse sur une plaque et placez-la 15 minutes au réfrigérateur. Après ce temps, disposez sur la moitié de la pâte, et sans aller jusqu'au bord, les champignons en 4 petits tas égaux, puis rabattez dessus la moitié de l'abaisse non garnie, pressez entre les tas pour bien coller la pâte.

Découpez les rissoles à l'emporte-pièce, pincez les bords pour les souder, puis disposez-les sur une plaque de cuisson.

Enfournez et faites cuire 10 minutes.

Versez le vinaigre dans une casserole, portez à ébullition et laissez réduire des deux tiers afin d'obtenir une consistance sirupeuse.

Dressez les rissoles sur un plat de service et arrosez-les d'un petit filet de sirop de vinaigre balsamique. Dégustez-les tièdes, accompagnées d'une salade de crudités en hors-d'œuvre.

Astuce :
- Vous pouvez congeler le surplus de pâte pour une prochaine recette.

Entrées

Pascal Barbot

Tarte fine aux légumes

Pour 2 personnes

100 g de champignons de Paris de taille moyenne • 3 courgettes • 20 g de beurre • 3 cuil. à soupe de sirop d'érable • 3 feuilles de brick • 4 cuil. à soupe d'huile d'olive • 2 cuil. à soupe de graines de coriandre • 2 étoiles de badiane • 1 gousse d'ail • 1/2 verre de vin blanc sec • 60 g de feta • 1 cuil. à soupe de sarriette hachée • 1/2 citron • gros sel, sel fin, poivre du moulin

Faites fondre le beurre dans une casserole, ajoutez 2 cuillerées à soupe de sirop d'érable et mélangez.

Superposez les feuilles de brick sur un plan de travail. Posez dessus une assiette retournée (de 16 cm de diamètre environ) et, avec un couteau, coupez autour afin d'obtenir 3 cercles.

Préchauffez le four à 160 °C (thermostat 5).

Placez une feuille de papier sulfurisé sur une plaque de cuisson. Superposez dessus les cercles de brick en les séparant par une fine pellicule du mélange beurre-sirop d'érable. Recouvrez-les de papier sulfurisé puis d'une seconde plaque de cuisson, de sorte que le fond de tarte reste bien plat pendant la cuisson. Faites cuire pendant 10 minutes.

Lavez les champignons de Paris, plusieurs fois mais rapidement, à l'eau froide après avoir coupé les bouts terreux, égouttez-les et coupez-les en quartiers.

Faites chauffer 2 cuillerées à soupe d'huile d'olive dans une petite casserole. Ajoutez la coriandre, la badiane et la gousse d'ail non pelée, puis les champignons de Paris avec 1 cuillerée à soupe d'huile d'olive et le vin blanc. Salez et poivrez. Portez à ébullition, couvrez et laissez cuire 2 à 3 minutes.

Lavez les courgettes, puis pelez-les dans la longueur avec un économe afin d'obtenir des bandes de peau. (Utilisez la chair pour une autre recette.)

Portez de l'eau à ébullition, salez au gros sel, plongez les bandes de peau de courgettes et blanchissez-les 20 secondes. Rafraîchissez-les dans de l'eau glacée et égouttez-les.

Coupez la feta en fines tranches. Égouttez les champignons.

Répartissez sur le fond de tarte les tranches de feta, 2 pincées de sarriette, du poivre, les champignons et à nouveau 2 pincées de sarriette. Étalez ensuite les bandes de peau de courgettes les unes à côté des autres afin de recouvrir toute la tarte, ajoutez 2 pincées de sarriette, salez, poivrez. Arrosez de quelques gouttes de jus de citron, un filet de sirop d'érable et autant d'huile d'olive. Dégustez sans attendre.

Astuce :
- Si les feuilles de brick sont sèches, placez-les entre deux serviettes humides quelques secondes pour les ramollir.

Entrées

Thierry Maffre-Bogé

Terrine de tomates aux anchois frais

Pour 4 personnes

25 anchois frais • 1 kg de tomates
(Roma, de préférence) • 1 citron •
25 cl d'huile d'olive • 1 bouquet de basilic •
fleur de sel, sel fin et poivre du moulin

Demandez au poissonnier de lever les filets des anchois. Disposez-les sur un plat, sans qu'ils se chevauchent, salez-les, poivrez-les, puis arrosez-les du jus du citron et de 10 cl d'huile d'olive. Entreposez-les de 1 heure à 24 heures au réfrigérateur.

Ôtez les pédoncules des tomates, lavez-les et plongez-les 1 minute dans une grande quantité d'eau à ébullition. Rafraîchissez-les dans de l'eau bien froide, égouttez-les et pelez-les. Fendez-les en deux et épépinez-les.

Chemisez une terrine ou un moule à cake de film alimentaire en le laissant déborder de façon à pouvoir, une fois le montage de la terrine terminé, recouvrir entièrement le contenu de film. Montez la terrine : disposez d'abord des morceaux de tomates, côté bombé au fond, en les faisant se chevaucher d'un tiers. Salez, poivrez. Couvrez la couche de tomates de feuilles de basilic, la longueur des feuilles parallèle à celle de la terrine, côté brillant contre les tomates. Disposez ensuite les filets d'anchois, leur longueur parallèle à celle de la terrine.

Arrosez ces filets d'1 cuillerée à soupe d'huile d'olive. Renouvelez deux fois ce montage, et terminez par une quatrième couche de morceaux de tomates, côté bombé sur le dessus. Salez et poivrez.

Rabattez le film alimentaire sur le contenu de la terrine. Posez un poids dessus, pressez légèrement et entreposez 12 heures au réfrigérateur.

Démoulez la terrine et détaillez-la en tranches de 1 cm d'épaisseur. **Servez** 2 tranches par personne, arrosez-les d'un petit filet d'huile d'olive, parsemez-les d'1 pincée de fleur de sel et décorez avec 1 petite feuille de basilic. Accompagnez cette terrine d'une salade de mesclun, par exemple.

Entrées

DOMINIQUE TOULOUSY

Tomates fourrées

Pour 2 personnes

6 petites tomates en grappe (50 g pièce environ) •
125 g de mascarpone • 50 g de tomme de Barousse
(ou de vieux parmesan, de fromage des Pyrénées,
de fromage de chèvre sec) • 1 cuil. à soupe de basilic
haché grossièrement au couteau •
1 poignée de feuilles de basilic (30 g environ) •
15 cl d'huile d'olive • 6 œufs de caille •
sel fin, poivre du moulin

Préchauffez le four à 180-200 °C (thermostat 6-7).
Préparez la farce des tomates : dans un saladier, mélangez à la

cuiller le mascarpone, la tomme de Barousse coupée en petits dés et le basilic. Salez et poivrez.

Lavez et essuyez les tomates, décalottez-les du côté du pédoncule, évidez-les délicatement et retournez-les sur une grille pour les égoutter. Réservez les chapeaux.

Badigeonnez un plat de cuisson d'un filet d'huile d'olive. Disposez les tomates dessus et garnissez-les aux trois quarts de la farce au fromage.

Glissez le plat dans le four et comptez 4 minutes de cuisson.

Mixez la poignée de feuilles de basilic avec l'huile d'olive, 2 cuillerées à soupe d'eau et du sel fin.

Cassez les œufs de caille séparément dans des ramequins. Une fois les tomates cuites, mettez délicatement 1 œuf de caille dans chacune d'elles, glissez à nouveau le plat dans le four et comptez environ 2 minutes de cuisson.

Couvez délicatement chaque tomate fourré d'un chapeau et versez un filet d'huile au basilic tout autour. Dégustez ces tomates fourrées avec des tranches de pain de campagne.

Astuces :

- Il est difficile de faire une plus petite quantité de cette huile au basilic. Vous pouvez conserver l'huile restante, dans une bouteille, 1 semaine au réfrigérateur.
- La cuisson de l'œuf est parfaite lorsqu'il reste un très fin filet de blanc non coagulé tout autour du jaune.

Salades

**Petite salade de chèvre frais
aux févettes
et aux haricots verts**, 86

**Petites tomates fourrées
de chèvre frais et pistou
à l'huile de bize**, 88

**Salade aux croûtons
au bleu à l'armagnac**, 90

Salade d'asperges vertes, 92

**Salade de laitue
au munster**, 93

**Salade de légumes
au Melfor**, 94

Salade de pissenlits, 96

**Salade de radis au jambon
et à la saucisse de foie**, 97

Salades

GEORGES PAINEAU

Petite salade de chèvre frais aux févettes et aux haricots verts

Pour 4 personnes

4 fromages de chèvre frais • 600 g de févettes • 400 g de haricots verts • 4 cuil. à soupe de vinaigre balsamique • 10 cuil. à soupe d'huile de noisette • sel fin, fleur de sel, mignonnette de poivre noir, poivre du moulin

Lavez et équeutez les haricots verts. Faites bouillir une grande quantité d'eau salée, faites-y cuire les haricots 6 minutes à forte ébullition, puis rafraîchissez-les dans un récipient d'eau glacée. Égouttez-les et réservez-les.

Dans une autre casserole, faites bouillir de l'eau salée, plongez-y les févettes 2 à 3 minutes, puis rafraîchissez-les. Égouttez-les dans une passoire, écossez-les et retirez les germes.

Mettez les févettes à chauffer 2 minutes sur feu moyen, dans 2 cuillerées à soupe d'huile de noisette.

Préparez la vinaigrette : dans un bol, versez 1 pincée de sel, 1 tour de poivre du moulin et 2 cuillerées à soupe de vinaigre balsamique. Remuez au fouet, puis incorporez 6 cuillerées à soupe d'huile de noisette.

Biseautez les haricots verts en morceaux de 1,5 cm, arrosez-les de 3 cuillerées à soupe de vinaigrette et mélangez.

Détaillez, dans la hauteur, chaque fromage de chèvre en tranches de 1 cm d'épaisseur.

Disposez au centre de 4 assiettes de service un petit tas de févettes. Placez autour les morceaux de haricots verts, et installez sur chaque tas de févettes 1 chèvre frais tranché et arrosé d'huile de noisette et de quelques gouttes de vinaigre balsamique. Parsemez d'1 pincée de fleur de sel et d'1 pincée de poivre mignonnette.

Astuce :
- Pour réussir la cuisson des haricots verts, plongez-les dans l'eau bouillante et comptez le temps de cuisson à partir de la reprise de l'ébullition.

Salades

GILLES GOUJON

Petites tomates fourrées de chèvre frais et pistou à l'huile de bize

Pour 6 personnes

200 g de chèvre frais non salé •
6 petites tomates en grappe • 1 courgette moyenne •
100 g de haricots verts • 1 tomate moyenne •
1/2 poivron rouge • 2 gousses d'ail • 1 petit bouquet
de basilic • 10 cl d'huile d'olive • sel fin, poivre
du moulin

Lavez les petites tomates. Décalottez-les du côté du pédoncule, réservez ces chapeaux et faites une entaille de l'autre côté de façon à former une assise. Avec une cuiller parisienne (ou à café), videz les tomates, retournez-les sur une assiette afin qu'elles rendent le maximum d'eau et réservez-les au réfrigérateur.

Lavez la courgette, coupez-la en deux dans la longueur, grattez l'intérieur pour ne conserver que la peau avec un tout petit peu de chair. Coupez-la en bâtonnets de 5 cm. Plongez-les dans de l'eau salée à ébullition, faites-les cuire 2 minutes à peine (ils doivent rester légèrement croquants). Refroidissez-les dans de l'eau glacée et égouttez-les.

Coupez les extrémités des haricots verts, effilez-les et lavez-les. Plongez-les dans 1 litre d'eau salée à ébullition et faites-les cuire 2 minutes. Rafraîchissez-les dans de l'eau bien froide et égouttez-les.

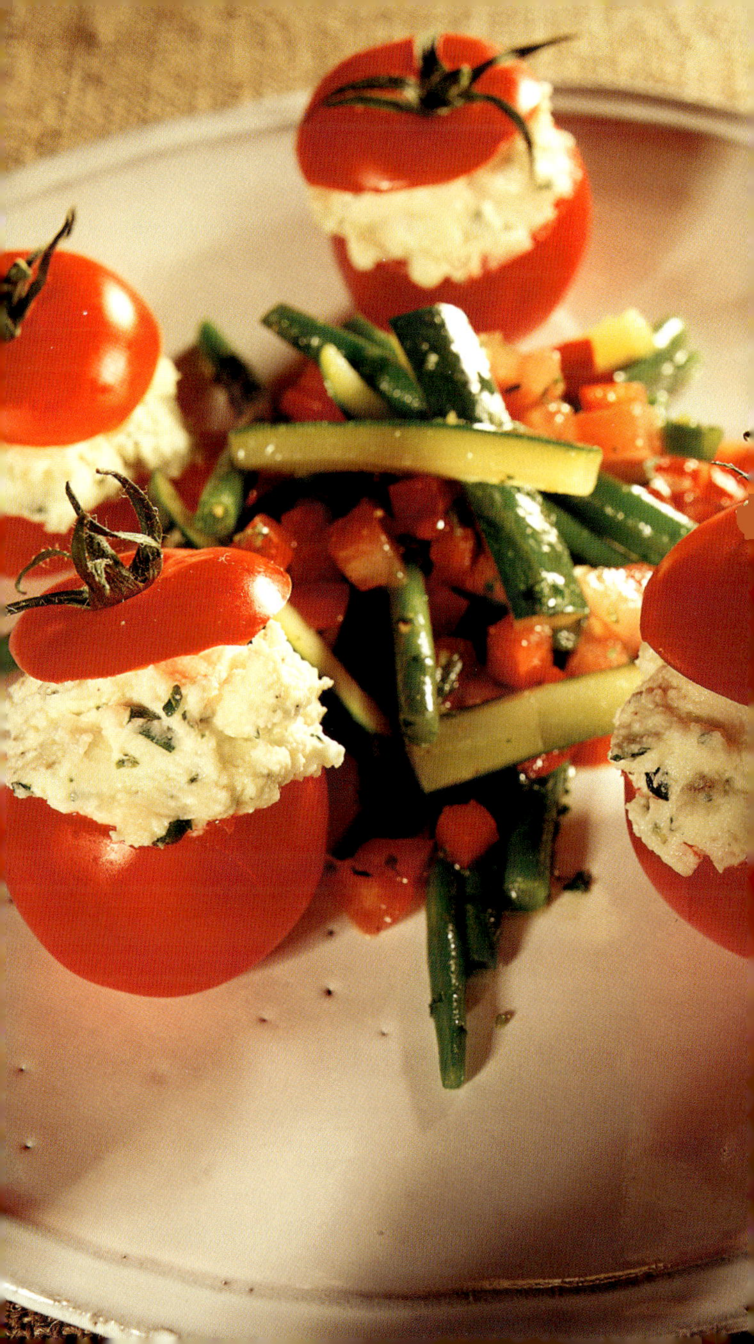

Mondez la tomate moyenne, puis coupez-la en quatre. Retirez les graines et coupez la pulpe en petits dés. Éliminez les graines du demi-poivron et coupez-le en petits dés. Pelez et hachez finement les gousses d'ail séparément.

Préparez l'huile de basilic : mettez les feuilles de basilic dans le bol d'un mixeur, salez et mixez en incorporant, petit à petit, l'huile d'olive.

Mélangez à la fourchette le fromage de chèvre avec 1 gousse d'ail hachée, 3 à 5 cuillerées à soupe d'huile de basilic et 2 tours de moulin à poivre.

Salez et poivrez l'intérieur des petites tomates. Farcissez-les de la préparation au fromage de chèvre. Posez dessus les petits chapeaux.

Mélangez les haricots verts, les bâtonnets de courgette, les dés de tomate, de poivron, la gousse d'ail hachée restante et 2 à 3 cuillerées à soupe d'huile de basilic. Salez et poivrez.

Dressez ces légumes en dôme au centre d'un plat de service, ajoutez tout autour les petites tomates fourrées et servez.

Salades

ROLAND GARREAU

Salade aux croûtons au bleu à l'armagnac

Pour 4 personnes

100 g de bleu d'Auvergne (ou de roquefort) •
60 g de beurre • 1 bonne cuil. à soupe d'armagnac •
2 morceaux de baguette de 8 à 10 cm de long •

2 poignées de mâche • 1 endive • 1 échalote •
2 cuil. à soupe de persil plat concassé • 1 magret
fumé séché (ou confit) tranché

Vinaigrette :
3 cuil. à soupe de vinaigre de vin • 3 cuil. à soupe
d'huile de noisette • 3 cuil. à soupe d'huile
de pépins de raisin • sel fin, poivre du moulin

Mettez 1 pincée de sel dans un petit récipient, poivrez, ajoutez le vinaigre et mélangez au fouet pour dissoudre le sel. Versez l'huile de pépins de raisin et l'huile de noisette et mélangez sans émulsionner.

Préchauffez le four en position gril.

Dans un saladier, écrasez le bleu d'Auvergne à la fourchette. Ajoutez le beurre, l'armagnac, poivrez et mélangez bien, toujours en écrasant avec la fourchette.

Coupez les morceaux de pain en deux. Tartinez-les généreusement de beurre au bleu (la valeur d'1 cuillerée à soupe environ). Disposez ces tranches de pain sur une plaque de cuisson, placez-les sous le gril pendant 2 à 3 minutes, jusqu'à ce qu'elles soient blondes et croustillantes.

Lavez et égouttez la mâche et les feuilles de l'endive. Pelez et émincez l'échalote. Mélangez les feuilles de mâche et d'endive dans un saladier, ajoutez l'échalote émincée et le persil. Assaisonnez de 4 bonnes cuillerées à soupe de vinaigrette.

Disposez les croûtons dessus en alternant avec les tranches de magret fumé et servez sans attendre.

Vincent Thiessé

Salade d'asperges vertes

Pour 4 personnes

16 grosses asperges vertes • 1 gousse d'ail • 1 anchois salé • 5 cl de vinaigre de vin • 15 cl d'huile d'olive • 1 jaune d'œuf • 2 tranches de pain de mie de 3 à 5 mm d'épaisseur • huile d'arachide 20 copeaux de parmesan • gros sel, fleur de sel, sel fin, poivre du moulin

Nettoyez les asperges. Ficelez-les en 4 bottes.

Portez un grand volume d'eau à ébullition dans une casserole. Salez au gros sel (10 g de sel par litre d'eau). Plongez-y les bottes d'asperges et faites-les cuire 5 minutes environ à frémissements. Vérifiez la cuisson en les piquant avec la pointe d'un couteau, qui doit s'enfoncer facilement.

Rafraîchissez les asperges rapidement dans de l'eau bien froide, puis égouttez-les. Manipulez-les délicatement afin de ne pas briser les pointes. Réservez-les à température ambiante sur du papier absorbant.

Pelez et hachez finement la gousse d'ail. Dessalez l'anchois en le passant sous l'eau froide, puis retirez l'arête et hachez finement les filets.

Dans un saladier, mélangez au fouet la gousse d'ail, les filets d'anchois hachés et le vinaigre, incorporez ensuite, petit à petit, l'huile d'olive. Ajoutez le jaune d'œuf, mélangez et poivrez. Émulsionnez la sauce avec un mixeur plongeant juste avant d'en napper les asperges.

Retirez la croûte des tranches de pain de mie, puis coupez la mie en petits dés. Faites chauffer un bon filet d'huile d'arachide dans une poêle. Enrobez-en les croûtons en les roulant dans la poêle avec une spatule. Dès qu'ils sont colorés, retirez-les, égouttez-les sur du papier absorbant et salez-les.

Disposez les asperges sur un plat de service et nappez les queues de sauce. Parsemez des croûtons et des copeaux de parmesan, ajoutez un tour de moulin à poivre et, uniquement sur les pointes d'asperges, quelques grains de fleur de sel. Servez le restant de sauce en saucière.

Salades

ÉMILE JUNG

Salade de laitue au munster

Pour 4 personnes

1/2 munster • 8 pommes de terre (charlotte) •
2 cœurs de laitue • 12 cl de crème fraîche liquide •
1 cuil. à soupe de vinaigre de vin • quelques brins
de ciboulette • graines de carvi •
sel fin, poivre du moulin

Lavez bien les pommes de terre sans les peler. Faites-les cuire à faible ébullition dans de l'eau salée pendant 20 à 25 minutes. Éliminez les feuilles de laitue vertes ou abîmées. Lavez soigneusement les cœurs et coupez-les en quartiers.

Humidifiez le fond d'une casserole avec un peu d'eau froide, versez la crème fraîche et le vinaigre, salez, poivrez et donnez une ébullition. Retirez du feu et réservez.
Coupez le munster en 16 parts.
Préchauffez le four à 180 °C (thermostat 6).
Après leur cuisson, égouttez les pommes de terre, pelez-les, fendez-les en deux dans la longueur et disposez-les sur la plaque de cuisson. Enfournez et laissez cuire pendant 3 minutes.
Après ce temps, sortez la plaque du four, disposez les parts de munster sur les moitiés de pommes de terre, remettez au four et faites cuire encore 3 minutes (le munster doit être bien fondu).
Sur chaque assiette de service, répartissez 2 quartiers de laitue et 4 demi-pommes de terre au munster, assaisonnez de 2 à 3 cuillerées à soupe de sauce réchauffée et parsemez d'1 pincée de ciboulette hachée et de quelques graines de carvi.

Salades

JEAN ALBRECHT

Salade de légumes au Melfor

Pour 4 personnes

1 poignée de lentilles vertes •
4 carottes moyennes, de préférence avec les fanes •
12 haricots plats • 8 petits pâtissons (de 2 couleurs, si possible) • 1 courgette jaune (ou verte) •

1 cuil. à soupe d'huile d'olive • 1 poignée d'herbes et fleurs sauvages au choix (fleurs de bourrache blanche, pétales de souci, feuilles d'amarante, de pourpier, de basilic...) • gros sel, sel fin, poivre du moulin

Vinaigrette :

1 oignon blanc (avec sa tige) • 1 poignée de pluches de persil plat • 1 poignée de pluches de cerfeuil • 1 cuil. à café de moutarde • 10 cl d'huile de tournesol • 5 cl de vinaigre Melfor • sel fin, poivre du moulin

Disposez un petit lit de coton sur un plat, mouillez-le avec de l'eau froide, puis parsemez-le des lentilles vertes. Laissez germer pendant 3 jours à température ambiante en arrosant un peu tous les jours.

Épluchez les carottes en gardant 1 à 2 cm de fanes. Coupez les extrémités des haricots, effilez-les, lavez-les et égouttez-les. Lavez et essuyez les pâtissons.

Portez une grande quantité d'eau à ébullition dans une casserole, salez-la au gros sel. Plongez les carottes, les haricots et les pâtissons dans l'eau et sortez-les au fur et à mesure qu'ils sont cuits (ils doivent êtres légèrement croquants). Rafraîchissez-les rapidement sous de l'eau bien froide, puis égouttez-les sur du papier absorbant.

Préparez la vinaigrette : pelez puis émincez l'oignon avec sa tige. Mixez-le avec les pluches de persil plat et de cerfeuil, la moutarde, l'huile de tournesol et le vinaigre. Salez et poivrez.

Lavez la courgette, essuyez-la et coupez-la dans le sens de la longueur en tranches de 1 mm environ.

Faites chauffer l'huile d'olive dans une poêle, faites-y revenir les tranches de courgette de chaque côté. Salez-les et poivrez-les, seulement sur une face. Dès qu'elles sont cuites, légèrement croquantes, égouttez-les sur du papier absorbant.

Dans chaque assiette de service, versez 1 cuillerée à soupe de vinaigrette, répartissez dessus les légumes, les lentilles germées, les herbes et fleurs sauvages. Servez avec le restant de vinaigrette en saucière.

Astuce :

- Le Melfor est un condiment alsacien à base de vinaigre d'alcool, de miel et d'infusion de plantes.
- Préparée à l'avance, la vinaigrette se conserve 24 heures au réfrigérateur.

Salades

LAURENT THOMAS

Salade de pissenlits

Pour 4 personnes

4 poignées de pissenlits • 4 œufs •
10 cl de vinaigre d'alcool • 1 bulbe de fenouil •
50 g de comté • 2 saint-marcellin pas trop affinés •
1 cuil. à soupe de vinaigre de xérès •
3 cuil. à soupe d'huile de noix •
10 cerneaux de noix • sel fin, poivre du moulin

Nettoyez les pissenlits dans de l'eau, vinaigrée de préférence, puis essorez-les. Parez le bulbe de fenouil et émincez-le finement. Coupez le comté en dés de 5 mm. Coupez les saint-marcellin en dés un peu plus gros : 1 cm environ.

Cassez les œufs séparément dans des ramequins. Portez 1 litre d'eau à frémissements dans une casserole. Versez ensuite le vinaigre d'alcool, puis glissez-y délicatement les œufs un par un. Avec une écumoire, rassemblez doucement le blanc de chaque œuf et rabattez-le sur le jaune. Comptez 3 à 4 minutes de cuisson.

Dès que les œufs sont cuits, retirez-les avec l'écumoire, rafraîchissez-les 2 secondes dans un récipient d'eau froide, puis égouttez-les. Déposez-les sur du papier absorbant et ébarbez-les pour en parfaire la présentation.

Préparez une vinaigrette : mélangez le vinaigre de xérès avec l'huile de noix, 1 pincée de sel et du poivre du moulin. Réservez à température ambiante.

Mélangez dans un grand saladier les feuilles de pissenlits avec le fenouil émincé et la vinaigrette. Ajoutez les cerneaux de noix, les dés de comté et de saint-marcellin. Disposez délicatement les œufs pochés dessus et dégustez sans attendre.

Salades

GÉRARD GARRIGUES

Salade de radis au jambon et à la saucisse de foie

Pour 4 personnes

40 radis roses • 100 g de jambon de pays •
100 g de saucisse de foie de porc bien sèche
(ou 1 chorizo) • 1 échalote • 1 cuil. à soupe
de vinaigre de vin rouge • 1 cuil. à soupe
d'huile de noix • 1 cuil. à soupe d'huile d'arachide •
1 cuil. à soupe de persil plat concassé •
sel fin, poivre du moulin

Épluchez les radis, lavez-les, coupez-les en fines rondelles. Coupez en petits biseaux la saucisse de foie. Coupez le jambon en tranches, superposez-les et coupez-les en fine julienne. Réservez.

Préparez une vinaigrette : pelez et hachez finement l'échalote. Mettez-la dans un saladier, versez le vinaigre, salez et poivrez, ajoutez l'huile de noix, l'huile d'arachide, et mélangez bien au fouet.

Assaisonnez, 15 minutes avant de servir, les rondelles de radis avec 2 cuillerées à soupe de vinaigrette et parsemez du persil ; salez légèrement.

Disposez la salade de radis en dôme au centre d'un plat de service. Placez tout autour les tranches de saucisse et répartissez dessus la julienne de jambon. Arrosez du restant de vinaigrette et servez en hors-d'œuvre.

Soupes

chaudes et froides

Cappuccino d'asperges des Landes au jambon sec, 100

Cappucino d'asperges et de jambon à l'os, 102

Céleri-rave façon cappuccino, 104

Crème aux champignons parfumés, 105

Crème de courgettes, 107

Crème de haricots coco, 108

Crème de haricots tarbais glacée au sirop de vinaigre balsamique, tartines de confit de canard aux aromates, 110

Crème de mogettes et poitrine grillée, 112

Crème de petits pois en gaspacho à la menthe, mouillettes aux graines de sésame, 113

Crème vichyssoise, 115

Garbure béarnaise, 117

Gaspacho de concombre, 119

Gaspacho et crème glacée à la moutarde, 120

Gratinée lyonnaise à l'oignon, croûtons et tête de cochon, 121

Potage aux champignons, 123

Potage cultivateur aux tripous, 124

Soupe à l'indienne, 125

Soupe au pistou, 126

Soupe aux fèves, 128

Soupe de haricots avec knacks rôties et munster, 129

Soupe de potiron, fleurette au goût de lard, 130

Soupe à l'œuf mollet et au basilic, 131

Tourin blanchi, 133

Velouté d'asperges froid au saumon fumé, 134

Velouté de champignons aux pignons, 135

Velouté de cresson, 136

Velouté de petits pois, croustillants à la tomme, 137

Velouté de potiron au jambon de pays, 139

Velouté de topinambours au curry, 141

Soupes chaudes et froides

JEAN-PIERRE CAULE

Cappuccino d'asperges des Landes au jambon sec

Pour 4 personnes

500 g d'asperges blanches • 2 tranches épaisses de jambon de Bayonne • 2 poireaux • 2 oignons nouveaux • 2 cuil. à soupe d'huile d'olive • 1,5 litre de bouillon de volaille • 50 g de beurre froid • 20 cl de crème fraîche liquide • 25 cl de lait entier • poudre de curry • sel fin, poivre du moulin

Épluchez les asperges à l'économe, lavez-les, fendez-les en deux dans la longueur et coupez-les en morceaux. Lavez, épluchez et fendez en deux les poireaux et découpez-les en morceaux de la même taille que les asperges. Hachez finement les oignons.

Dans une cocotte, faites chauffer l'huile d'olive ; versez les oignons et laissez-les suer en remuant avec une spatule. Ajoutez les morceaux de poireaux et laissez suer 2 minutes. Salez et mélangez. Mettez enfin les morceaux d'asperges, puis versez le bouillon de volaille. Portez à ébullition et laissez cuire 30 minutes.

Préchauffez le four à 120 °C (thermostat 4).

Coupez en deux dans la largeur les tranches de jambon, puis taillez 1 triangle dans chaque moitié. Placez ces triangles sur une plaque allant au four et recouvrez-les d'une autre plaque pour éviter qu'ils se recroquevillent à la cuisson. Enfournez la plaque et laissez cuire 20 minutes.

Après ce temps, retirez la plaque du dessus et réservez les triangles de jambon à température ambiante.

Versez le bouillon d'asperges dans le bol d'un mixeur et mixez à vitesse maximale pendant quelques secondes. Salez, poivrez, ajoutez le beurre coupé en dés et la crème fraîche. Mixez de nouveau pour bien mélanger et versez directement la crème d'asperges dans des assiettes creuses.

Dans une casserole, mettez à tiédir à 50 °C le lait. Émulsionnez-le au mixeur, prélevez la mousse de lait obtenue et déposez-en 1 cuillerée à soupe dans chaque assiette. Saupoudrez d'un peu de curry, puis déposez 1 triangle de jambon par-dessus.

Astuce :

- Si vous ne disposez pas d'une seconde plaque de cuisson, recouvrez les triangles de jambon d'une feuille de papier d'aluminium et versez des haricots secs dessus.

Soupes chaudes et froides

HERVÉ PAULUS

Cappuccino d'asperges et de jambon à l'os

Pour 4 personnes

500 g d'asperges blanches • 80 g de jambon à l'os •
25 g de beurre • 1 morceau de sucre •
160 g de crème fraîche liquide • gros sel, sel fin

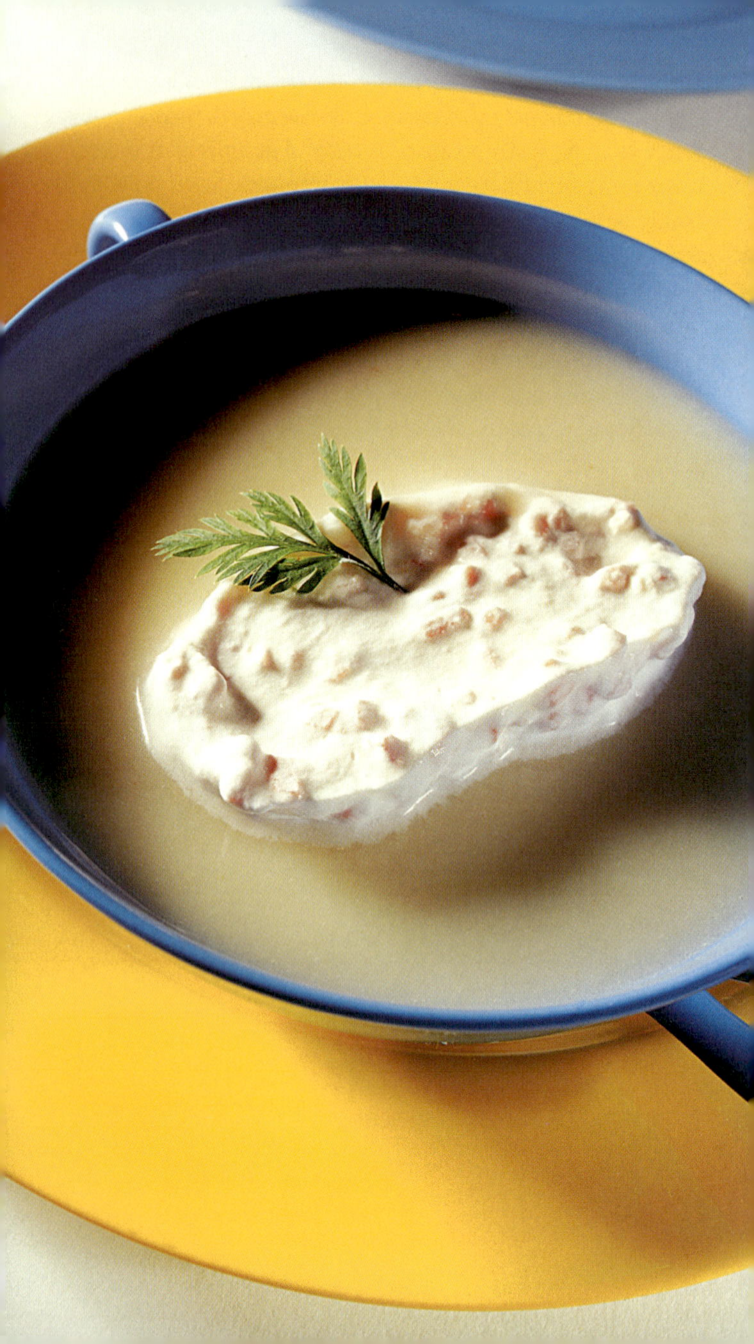

Pelez les asperges, lavez-les et coupez-les en bâtonnets de 3 cm de long environ. Mettez ces bâtonnets dans une cocotte, mouillez-les avec 75 cl d'eau froide, ajoutez le beurre et le sucre, portez à ébullition, salez légèrement et laissez cuire 10 minutes à frémissements. Hachez le jambon.

Fouettez la crème fraîche bien froide dans un récipient placé dans un plus grand contenant des glaçons jusqu'à obtenir une crème légèrement moins ferme que de la chantilly. Avec une spatule, incorporez-y délicatement le jambon haché. Rectifiez l'assaisonnement si nécessaire.

Lorsque les asperges sont cuites, prélevez 8 pointes. Versez le reste dans le bol d'un mixeur et mixez, en incorporant petit à petit le bouillon de cuisson afin d'obtenir une crème onctueuse.

Répartissez les pointes d'asperges dans 4 assiettes creuses, versez dessus la crème d'asperges et déposez délicatement dessus 1 cuillerée à soupe de crème fouettée au jambon.

Astuce :
- La crème fouettée au jambon peut se préparer 1 à 2 heures à l'avance ; recouvrez-la d'un film alimentaire et placez-la au réfrigérateur.

Soupes chaudes et froides

MICHEL TRAMA

Céleri-rave façon cappuccino

Pour 4 personnes

500 g de céleri-rave • 6 tranches très fines de jambon de pays • 1/2 citron • 1 blanc de poireau • 2 gousses d'ail • 1 cuil. à soupe de graisse d'oie • 45 cl de lait entier • 35 cl de bouillon de volaille • 15 cl de crème fraîche liquide • sel, poivre

Préchauffez le four à 120 °C (thermostat 4).

Disposez les tranches de jambon sur une plaque de cuisson antiadhésive sans les faire se chevaucher. Glissez la plaque dans le four et laissez les tranches de jambon sécher pendant 15 minutes.

Pelez le céleri-rave et frottez-le avec le demi-citron pour qu'il ne noircisse pas. Coupez-le en gros cubes. Épluchez et lavez le blanc de poireau, puis ciselez-le finement. Pelez les gousses d'ail, fendez-les en deux et dégermez-les.

Faites fondre la graisse d'oie dans une cocotte, ajoutez le poireau et l'ail et faites-les suer sur feu doux 30 secondes en remuant avec une spatule. Ajoutez les cubes de céleri, mélangez bien et laissez compoter 5 minutes.

Mouillez avec 35 cl de lait, le bouillon de volaille et la crème fraîche. Salez légèrement, portez à frémissements, couvrez et laissez cuire 40 minutes.

Lorsque les tranches de jambon sont sèches, concassez-les assez finement. Quand la crème de céleri est cuite, versez-la dans le bol d'un mixeur et mixez.

Versez 1 cuillerée à café d'eau froide dans une casserole assez grande, ajoutez environ 10 cl de la crème de céleri et le lait restant. Poivrez et portez à ébullition. Retirez du feu et, avec un mixeur plongeant, faites mousser ce mélange.

Répartissez la crème de céleri dans des assiettes creuses chaudes. Ajoutez délicatement dessus 2 cuillerées à soupe de mousse et parsemez la poudre de jambon par-dessus. Dégustez sans attendre.

Soupes chaudes et froides

FRÉDÉRIC ANTON

Crème aux champignons parfumés

Pour 4 personnes

700 g de champignons de Paris • 100 g de petits champignons de Paris • 1 botte de mélisse (ou citronnelle) • 1 gousse d'ail • 70 cl de bouillon de volaille • 5 graines de coriandre • 20 cl de crème fraîche liquide • 150 g de beurre bien froid • huile d'olive • 10 g de câpres surfines • sel fin, poivre du moulin

Lavez et effeuillez la mélisse. Réservez 4 petits cœurs, parez les queues et ficelez-les en un petit fagot. Ciselez délicatement 4 feuilles de mélisse dans la longueur, réservez les feuilles restantes.
Pelez la gousse d'ail, fendez-la en deux dans la longueur et dégermez-la.

Coupez le bout terreux des champignons de Paris, lavez-les plusieurs fois dans de l'eau froide, sans les tremper. Égouttez-les et émincez-les.

Versez le bouillon de volaille dans une cocotte, ajoutez les champignons, le fagot de queues de mélisse, l'ail et la coriandre. Portez à frémissements, couvrez et laissez cuire 15 minutes à feu doux.

Retirez la mélisse, mettez les champignons et le bouillon dans le bol d'un mixeur, ajoutez 1 poignée des feuilles de mélisse réservées. Mixez le tout.

Passez cette préparation au chinois en foulant bien la pulpe avec une louche et versez-la dans une casserole. Ajoutez la crème fraîche et portez à ébullition. Puis, sur feu doux, incorporez au fouet le beurre coupé en petits dés. Réservez sur feu éteint.

Éliminez les bouts terreux des petits champignons, lavez-les dans de l'eau froide, égouttez-les et émincez-les.

Faites chauffer de l'huile d'olive dans une poêle. Mettez-y à dorer les petits champignons émincés et salez. Ajoutez les câpres et faites chauffer en mélangeant délicatement avec une spatule. Poivrez et, sur feu éteint, ajoutez les 4 feuilles de mélisse ciselées.

Réchauffez la crème de champignons sur feu doux et émulsionnez-la.

Dressez la garniture de champignons et de câpres dans une soupière ou un plat creux, versez dessus la crème de champignons, disposez délicatement les 4 cœurs de mélisse et dégustez aussitôt.

Astuce :
- Si les champignons rendent beaucoup d'eau à la cuisson, égouttez-les et faites-les sauter de nouveau avec un petit filet d'huile d'olive.

Soupes chaudes et froides

CHRISTOPHE PÉTRA

Crème de courgettes

Pour 4 personnes

4 courgettes moyennes • 50 cl de bouillon de volaille • 20 cl de crème fraîche liquide • 50 g de beurre • quelques pluches de cerfeuil • sel fin, poivre du moulin

Lavez les courgettes et coupez leurs extrémités.

Coupez 2 courgettes en tronçons de 5 cm, puis prélevez la peau dans la longueur en laissant 5 mm d'épaisseur de chair environ. Taillez en grosse julienne. Coupez les 2 autres courgettes non pelées et le centre des 2 précédentes en gros dés.

Dans une casserole, portez à ébullition le bouillon de volaille et plongez-y les dés de courgettes. Faites-les cuire 20 à 25 minutes à frémissements.

Fouettez la moitié de la crème fraîche dans un récipient placé dans un plus grand contenant des glaçons. Réservez cette crème fouettée au réfrigérateur.

Dans un poêlon, faites chauffer le beurre sans coloration, puis sur feu doux, faites-y suer la julienne de courgettes de 3 à 4 minutes. Salez et poivrez en fin de cuisson. La julienne doit être légèrement ferme. Réservez-la sur feu éteint. Mixez les dés de courgettes avec le bouillon dans le bol d'un mixeur. Incorporez ensuite le reste de crème fraîche, salez et poivrez.

Prélevez la julienne de courgettes du poêlon à l'écumoire afin de l'égoutter et répartissez-la dans des assiettes creuses. Versez dessus la crème de courgettes, ajoutez délicatement dans chaque assiette 1 cuillerée à soupe de crème fouettée, décorez avec quelques pluches de cerfeuil et dégustez.

Soupes chaudes et froides

HÉLÈNE DARROZE

Crème de haricots cocos

> **Pour 4 personnes**
>
> 250 g de morue • 250 g de haricots cocos secs •
> 1 carotte • 1 oignon moyen • 2 gousses d'ail •
> 150 g de lard salé (ou de jambon de Bayonne) •
> 2 cuil. à soupe de graisse de canard •
> 1 litre de bouillon de volaille • 1 bouquet garni •
> 1 brindille de romarin • 25 cl de lait •
> 1 feuille de laurier • 12 cl de crème fraîche liquide •
> 1 à 2 cuil. à soupe de vinaigre de xérès •
> 2 pimientos del piquillo (en conserve) • 5 cuil. à soupe
> d'huile d'olive • 4 pluches de cerfeuil • sel fin, poivre
> du moulin

L'avant-veille, faites dessaler la morue : mettez-la dans un grand récipient rempli d'eau fraîche et entreposez-la au réfrigérateur pendant 48 heures ; changez l'eau régulièrement (7 ou 8 fois environ).

La veille, mettez les cocos secs dans un récipient, couvrez-les d'eau bien fraîche à hauteur et laissez-les tremper toute une nuit au réfrigérateur.

Le jour de la réalisation de la recette, égouttez les haricots. Pelez la carotte et coupez-la en deux. Pelez et émincez grossièrement l'oignon. Pelez 1 gousse d'ail, fendez-la en deux et dégermez-la. Coupez le lard en morceaux.

Faites fondre la graisse de canard dans une cocotte, ajoutez la carotte, l'oignon, la gousse d'ail dégermée, les morceaux de lard et faites suer 3 à 4 minutes en remuant avec une spatule.

Ajoutez les haricots dans la cocotte, mélangez bien et mouillez avec le bouillon de volaille ; les haricots doivent être bien immergés. Ajoutez le bouquet garni et la brindille de romarin. Couvrez et faites cuire à petits bouillons pendant 45 minutes. Égouttez le morceau de morue. Versez le lait dans une casserole, ajoutez la gousse d'ail non pelée et la feuille de laurier. Portez à ébullition, puis ajoutez le morceau de morue et faites-le cuire à frémissements 5 à 6 minutes. Dès que la morue est cuite, légèrement translucide, égouttez-la.

Après leur cuisson, mettez les haricots et le bouillon dans le bol d'un mixeur, ajoutez les morceaux de lard et la garniture aromatique, sauf le bouquet garni. Gardez 4 cuillerées à soupe de haricots pour la confection de la brandade. Mixez, puis passez cette soupe à travers un chinois dans une casserole.

Faites réchauffer la soupe, incorporez-y la crème fraîche et le vinaigre. Mélangez bien au fouet. Rectifiez l'assaisonnement si nécessaire. Maintenez cette crème chaude.

Préparez la brandade : retirez la peau du morceau de morue tiède et effeuillez-le. Écrasez grossièrement à la fourchette les haricots tièdes mis en réserve. Coupez les pimientos del piquillo en petites lanières. Mélangez délicatement la morue, les haricots, les pimientos et 2 à 3 cuillerées à soupe d'huile d'olive.

Répartissez la brandade tiède au centre de 4 assiettes creuses en formant un dôme. Versez la crème de haricots tout autour, disposez sur la brandade une pluche de cerfeuil et arrosez le tout d'un filet d'huile d'olive.

Astuce :

- Si vous désirez déguster cette crème de haricots froide, ne la réchauffez pas et incorporez-y la crème bien froide juste avant de la verser autour de la brandade tiède.

Soupes chaudes et froides

MICHEL DEL BURGO

Crème de haricots tarbais glacée au sirop de vinaigre balsamique,

tartines de confit de canard aux aromates

Pour 4 personnes

300 g de haricots tarbais écossés •
1 cuisse de canard confite (200 g environ) •
2 tranches de poitrine fumée de 5 mm d'épaisseur •
1 oignon • 1 clou de girofle • 1 carotte •
3 gousses d'ail • 30 g de beurre • 1 bouquet garni •
1 litre de bouillon de volaille • 5 cl de vinaigre
balsamique • 4 tranches de baguette
de 5 mm d'épaisseur • 4 cornichons • 1 échalote •
1 cuil. à soupe de ciboulette très finement
ciselée • 2 cuil. à soupe d'huile d'olive •
50 cl de crème fraîche liquide •
sel fin, poivre du moulin

Mettez les haricots dans une casserole, recouvrez-les d'eau froide. Portez à ébullition pour les blanchir pendant 2 minutes, puis égouttez-les bien.

Retirez la couenne des tranches de poitrine fumée et coupez-les en deux. Pelez l'oignon, coupez-le en quartiers, puis piquez le clou de girofle dans l'un des quartiers. Épluchez la carotte, fendez-la en quatre dans la longueur.

Pelez 2 gousses d'ail, fendez-les en deux et dégermez-les.

Faites fondre le beurre dans une casserole sans le faire colorer. Ajoutez les morceaux de poitrine fumée, faites-les suer afin qu'ils dégagent leur parfum. Mettez ensuite les quartiers d'oignon, les gousses d'ail dégermées, les morceaux de carotte et le bouquet garni. Laissez suer 2 petites minutes. Ajoutez ensuite les haricots, mélangez et mouillez avec le bouillon de volaille. Portez à ébullition et comptez 1 heure à 1 heure 15 de cuisson à frémissements.

Dans une petite casserole, faites réduire le vinaigre sur feu doux jusqu'à ce qu'il devienne sirupeux (3 à 4 minutes de cuisson).

Préchauffez le four en position gril. Disposez les tranches de baguette sur une plaque allant au four et faites-les dorer sur chaque face.

Retirez la peau et l'os de la cuisse de canard, puis coupez la chair en petits dés. Taillez les cornichons en petits dés afin d'en obtenir la valeur d'1 cuillerée à soupe. Pelez la troisième gousse d'ail, fendez-la en deux, dégermez-la et hachez-la finement. Pelez et hachez finement l'échalote.

Dans un saladier, mélangez les dés de canard et de cornichons, l'ail et l'échalote hachés, la ciboulette et 1 cuillerée à soupe d'huile d'olive. Poivrez et salez légèrement. Recouvrez les tranches de baguette dorées de cette préparation et réservez-les à température ambiante.

Retirez la garniture aromatique des haricots, mettez les haricots dans un mixeur et mixez-les en incorporant petit à petit leur jus de cuisson pour contrôler l'onctuosité du mélange. Toujours petit à petit et en mixant, ajoutez la crème. Salez et poivrez si nécessaire.

Placez la crème de haricots au réfrigérateur. Dès qu'elle est bien froide, versez-la dans un plat creux, arrosez-la d'un filet de sirop de vinaigre balsamique et d'un filet d'huile d'olive.

Servez avec les tartines de confit.

Astuces :

- La meilleure solution pour ramollir la peau des haricots est de les blanchir. On peut aussi les laisser tremper 12 heures dans de l'eau froide au réfrigérateur ou 2 heures dans de l'eau tiède.
- Ne salez pas trop la préparation avec le confit, car un confit est souvent très salé au départ.

Soupes chaudes et froides

Marc de Passorio

Crème de mogettes et poitrine grillée

Pour 4 personnes

400 g de haricots cocos (mogettes) demi-secs • 4 tranches très fines de poitrine fumée • 1 oignon • 1 carotte • 30 g de beurre • 50 cl de crème fraîche liquide • sel fin, poivre du moulin

Recouvrez les haricots d'eau froide dans un saladier et laissez-les tremper au réfrigérateur de 1 à 12 heures suivant leur fermeté. **Égouttez-les.** Pelez et ciselez finement l'oignon. Pelez et lavez la carotte, puis coupez-la en deux dans le sens de la longueur.
Dans une cocotte, faites chauffer le beurre sans le faire colorer, puis mettez-y à suer l'oignon 1 à 2 minutes, en remuant avec une spatule. Ajoutez la carotte et les haricots, recouvrez d'eau froide à hauteur et faites cuire de 45 minutes à 1 heure à frémissements. Écumez de temps en temps. Salez et poivrez en fin de cuisson.
Préchauffez le four à 200 °C (thermostat 6-7).

Disposez les tranches de poitrine fumée sur une plaque de cuisson, glissez-les au four et faites-les dessécher pendant 15 à 20 minutes. Elles doivent être bien dorées et croustillantes.

Lorsque les mogettes sont cuites, prélevez-les du bouillon avec une écumoire, passez-les au moulin à légumes afin de récupérer la pulpe, puis débarrassez cette dernière dans une casserole. Incorporez-y délicatement la crème fraîche sur feu très doux, puis émulsionnez avec un mixeur plongeant.

Après cuisson, sortez les tranches de poitrine fumée du four et laissez-les refroidir à température ambiante.

Dressez la crème de mogettes bien chaude dans une soupière, brisez les tranches de poitrine en petits morceaux, disposez-les délicatement dessus et dégustez sans attendre.

Soupes chaudes et froides

Jacques et Laurent Pourcel

Crème de petits pois en gaspacho à la menthe,

mouillettes aux graines de sésame

Pour 4 personnes

1 kg de petits pois frais (environ 300 g écossés) •
40 feuilles de menthe poivrée •
25 g de graines de sésame • 50 cl de bouillon de volaille •
10 cl d'huile d'olive • 5 cl de crème fraîche liquide •

> 40 g de beurre bien froid •
> 65 g de farine • 2 œufs • 50 g de gruyère râpé •
> huile d'arachide pour friteuse • sel fin,
> poivre du moulin

Écossez les petits pois. Dans une grande casserole, portez 2 litres d'eau à ébullition avec 20 g de sel. Dès que l'eau bout, mettez les petits pois et faites cuire 3 minutes. Rafraîchissez-les dans de l'eau bien froide et égouttez-les. Mettez-les dans le bol d'un mixeur avec 30 feuilles de menthe et le bouillon de volaille froid ; mixez 30 secondes environ. Versez l'huile d'olive, salez, poivrez, ajoutez la crème et mixez de nouveau.

Passez cette crème de petits pois dans un chinois, puis réservez-la au réfrigérateur.

Faites une pâte à choux : dans une casserole, portez 12,5 cl d'eau à ébullition. Dès qu'elle bout, ajoutez 1 pincée de sel, le beurre, et laissez-le fondre. Hors du feu et tout en mélangeant, incorporez la farine jetée en pluie. Desséchez ensuite énergiquement sur feu doux : cette pâte doit se décoller des parois de la casserole au bout d'1 minute environ. Retirez la casserole du feu.

Hors du feu, tout en continuant à travailler vigoureusement la pâte pour qu'elle devienne homogène et bien lisse, ajoutez les œufs un par un, puis, successivement, le gruyère râpé et les graines de sésame.

Introduisez cette pâte dans une poche à douille unie. Préchauffez à 160-180 °C l'huile d'arachide dans une friteuse. Laissez tomber dedans des petits bâtonnets de pâte à choux de la longueur d'une grande frite (4 ou 5 par personne). Comptez 2 à 3 minutes de cuisson pour que les mouillettes soient bien dorées, puis égouttez-les sur du papier absorbant et salez-les.

Versez la crème de petits pois bien froide, voire glacée, dans des bols froids et déposez dessus 2 ou 3 feuilles de menthe. Servez avec les mouillettes chaudes.

Astuces :
- Pour faire des mouillettes de longueur égale, coupez la pâte à choux avec la lame d'un couteau que vous trempez dans de l'eau chaude afin qu'elle ne colle pas à la pâte. Vous pouvez faire les mouillettes 1 heure à l'avance et les réchauffer au four juste avant de les déguster.
- Un gaspacho doit être assez liquide ; s'il est un peu épais après son passage au réfrigérateur, ajoutez un peu d'eau.

Soupes chaudes et froides

PIERRE-YVES LORGEOUX

Crème vichyssoise

Pour 4 personnes

2 blancs de poireaux • 5 pommes de terre
(moyennes, de préférence) • 50 g de beurre •
1,5 litre de lait entier • 1 bouquet garni •
200 g de crème fraîche épaisse •
gros sel, sel fin, poivre du moulin

Retirez les feuilles abîmées des blancs de poireaux. Lavez-les bien, égouttez-les, fendez-les en quatre et émincez-les en gros morceaux.

Pelez les pommes de terre et lavez-les. Fendez-les ensuite en quatre dans la longueur et coupez-les en morceaux réguliers pour avoir une cuisson uniforme. Plongez-les dans un saladier rempli d'eau, lavez-les bien et retirez-les avec les mains pour que l'amidon reste dans l'eau. Recommencez cette opération, puis égouttez-les.

Dans une cocotte assez haute et pas trop évasée, faites fondre le beurre sans le laisser colorer. Ajoutez les morceaux de poireaux et faites-les suer environ 2 minutes. Mettez les morceaux de pommes de terre, mélangez, mouillez avec le lait entier et remuez bien. Ajoutez le bouquet garni, un peu de gros sel et portez à ébullition. L'ébullition obtenue, diminuez la température et laissez cuire 35 minutes à petits bouillons.

Éteignez le feu, retirez le bouquet garni et mixez le potage avec un mixeur plongeant. Incorporez la crème fraîche, rectifiez l'assaisonnement et mixez de nouveau.

Cette soupe peut se consommer chaude ou froide.

Astuces :
- Pour réaliser le bouquet garni, rassemblez des queues de persil, 1 branche de thym, 1 petite feuille de laurier et éventuellement 1 petite branche de céleri. Enveloppez le tout dans une feuille blanche de poireau et ficelez l'ensemble.
- Si vous souhaitez déguster la vichyssoise froide, sachez que le fait de l'entreposer au réfrigérateur peut l'épaissir. Il suffit alors de la détendre avec un petit peu de lait avant de la consommer pour qu'elle retrouve son onctuosité.

Soupes chaudes et froides

Alain Darroze

Garbure béarnaise

Pour 4 personnes

300 g de haricots maïs •
1 morceau de 200 g de jambon de Bayonne •
1 piment d'Espelette (ou 1 piment bec d'oiseau) •
1 bouquet garni • 6 grains de poivre noir • 2 poireaux •
4 carottes • 50 g de graisse de canard •
300 g de pommes de terre (belle de Fontenay) •
1 chou frisé • 8 manchons de canard confits •
8 gésiers de canard confits • 1 gousse d'ail hachée •
4 tranches de pain de maïs (ou de campagne)

La veille de la réalisation de la garbure, mettez les haricots dans un saladier, recouvrez-les d'eau froide et placez-les au réfrigérateur de 8 à 12 heures. Si vous le pouvez, changez l'eau une ou deux fois.

Le jour même, versez 2,5 litres d'eau froide dans une casserole, ajoutez le jambon de Bayonne, le piment d'Espelette préalablement ouvert pour qu'il reste bien immergé, le bouquet garni, les grains de poivre et portez à ébullition. L'ébullition obtenue, baissez à frémissements et laisser cuire 1 heure.

Épluchez les poireaux, lavez-les et coupez-les en morceaux. Pelez les carottes et coupez-les en grosses rondelles.

Après 1 heure de cuisson, retirez de la casserole le jambon, le piment et le bouquet garni. Réservez le bouillon et égouttez les haricots.

Faites fondre la graisse de canard dans une cocotte, mettez-y à suer les poireaux pendant 2 minutes, puis les rondelles de carottes (également 2 minutes) ; ajoutez le morceau de jambon et le piment d'Espelette. Mouillez avec le bouillon de sorte que les légumes et le morceau de jambon soient bien immergés, et conservez le reste du bouillon. Portez à ébullition, ajoutez les haricots égouttés, baissez le feu et faites cuire 15 à 20 minutes à frémissements.

Pelez les pommes de terre, débitez-les en gros morceaux et lavez-les. Éliminez le trognon et les feuilles abîmées du chou frisé, défaites les autres feuilles, lavez-les et taillez-les en grosses lanières.

Ajoutez à la garbure qui vient de cuire les lanières de chou et laissez cuire à frémissements pendant 20 minutes pour que le chou fonde. Mettez les morceaux de pommes de terre et mouillez avec le restant du bouillon si les légumes ne sont pas assez recouverts. Mélangez et faites cuire 30 minutes à frémissements.

Lorsque la garbure est pratiquement cuite, retirez le morceau de jambon et découpez-le en gros morceaux. Replacez-les dans la garbure, ajoutez les manchons et les gésiers de canard, la gousse d'ail hachée et laissez mijoter 10 minutes.

Versez la garbure dans une soupière et servez.

Si vous voulez respecter la tradition gasconne, disposez une tranche de pain de maïs dans chaque assiette creuse et versez dessus le bouillon avec quelques légumes. Lorsque l'assiette est presque terminée, versez du vin blanc ou rouge, pour faire « goudale » (chabrot). L'assiette terminée, continuez le repas en dégustant les légumes restants et les morceaux de viande.

Soupes chaudes et froides

Xavier Mathieu

Gaspacho de concombre

Pour 2 personnes

1 gousse d'ail • 4 tranches de pain de mie •
5 cuil. à soupe d'huile d'olive • 1 concombre •
1 cuil. à soupe de vinaigre de xérès • Tabasco •
huile d'arachide • sel fin, poivre du moulin

Lavez le concombre, essuyez-le et pelez-le partiellement au couteau économe en laissant des languettes de peau entre les parties pelées. Coupez-le en morceaux. Pelez la gousse d'ail, fendez-la en deux et dégermez-la. Coupez 2 tranches de pain de mie en morceaux après avoir retiré la croûte.

Mixez les morceaux de concombre avec les morceaux de pain de mie, la gousse d'ail, 3 cuillerées à soupe d'huile d'olive, le vinaigre, 2 ou 3 gouttes de Tabasco, du sel et du poivre. Rectifiez l'assaisonnement si nécessaire. Versez le gaspacho dans un saladier, placez-le au réfrigérateur ou déposez-le sur un lit de glace.

Faites des petits croûtons : coupez les 2 tranches de pain restantes en dés de 2 à 3 mm après avoir retiré la croûte. Faites chauffer un filet d'huile d'arachide dans une poêle, puis faites-y frire les dés de pain de mie. Dès qu'ils sont dorés, retirez-les avec une écumoire, égouttez-les sur du papier absorbant et salez-les.

Versez le gaspacho bien froid dans des assiettes creuses, parsemez-le des croûtons au moment de servir et arrosez-le d'un filet d'huile d'olive. Dégustez sans attendre en hors-d'œuvre.

Astuce :

• Pour maintenir le gaspacho bien frais, entreposez les assiettes au congélateur avant le service.

Fabrice Maillot

Gaspacho et crème glacée à la moutarde

Pour 4 personnes

2 tomates • 1 poivron rouge • 2 gousses d'ail •
1/4 de concombre • 1/2 oignon • 2 cl de vinaigre
de Reims (ou de vin rouge) • 4 grandes feuilles
de menthe • 5 cl d'huile d'olive • quelques pluches
de cerfeuil • sel fin, poivre du moulin

Crème glacée à la moutarde :
50 g de moutarde au moût de raisin • 25 cl de lait •
70 g de crème fraîche liquide • 15 g de sucre semoule

Lavez les tomates, retirez les pédoncules et coupez-les en quatre. Lavez le poivron rouge, éliminez le pédoncule, fendez-le en quatre et retirez les graines. Pelez les gousses d'ail, fendez-les en deux et dégermez-les. Pelez le concombre et coupez-le en morceaux. Pelez et émincez l'oignon.

Mixez les tomates avec le poivron, le concombre, les gousses d'ail, l'oignon, du sel, du poivre du moulin et le vinaigre. Versez ce gaspacho dans un récipient placé dans un plus grand contenant des glaçons. Recouvrez d'un film alimentaire et réservez au réfrigérateur.

Portez à ébullition le lait avec la crème fraîche, ajoutez le sucre semoule, salez et poivrez. L'ébullition obtenue, retirez la casserole du feu, ajoutez la moutarde, mélangez au fouet. Laissez refroidir cette préparation puis faites-la prendre dans une sorbetière.

Ciselez finement les feuilles de menthe.
Dans des assiettes creuses, déposez au centre 1 boule de crème glacée à la moutarde, versez autour le gaspacho et arrosez de quelques gouttes d'huile d'olive. Parsemez les boules de glace d'1 pincée de menthe ciselée et le gaspacho de quelques pluches de cerfeuil.

Astuce :
- Mettez quelques gouttes d'eau froide dans le fond de la casserole avant d'y verser le lait pour qu'il n'attache pas à la cuisson.

Soupes chaudes et froides

JEAN-PAUL LACOMBE

Gratinée lyonnaise à l'oignon, croûtons et tête de cochon

Pour 4 personnes

400 g d'oignons paille • 200 g de tête de cochon cuite (ou de lard cuit, ou de jambonneau) • 1/2 baguette • 50 g de beurre • 1 litre de bouillon de pot-au-feu (ou de volaille) • 120 g de gruyère (ou d'emmental) • sel fin, poivre du moulin

Pelez les oignons, fendez-les en deux et émincez-les finement. Dans une cocotte, faites fondre 40 g de beurre, ajoutez les oignons, salez légèrement et poivrez. Faites suer à feu doux et dès que les oignons commencent à être translucides, augmentez légèrement le feu pour qu'ils se colorent. Comptez environ 20 minutes de cuisson. Mouillez avec le bouillon, mélangez et portez à ébullition. Une fois l'ébullition obtenue, diminuez la température et laissez cuire 1 heure à frémissements.

Coupez la tête de cochon en morceaux d'environ 1 cm. Dans une cocotte, faites fondre le beurre restant, placez les morceaux de tête de cochon, enrobez-les de beurre et saisissez-les 2 minutes. Prélevez 2 petites louches du bouillon qui est en train de cuire, versez-les sur la tête de cochon et laissez mijoter à feu doux 5 minutes.

Préchauffez le four à 250 °C (thermostat 8-9).

Coupez le pain en 12 tranches de 1 cm d'épaisseur. Déposez-les sur une plaque allant au four, glissez la plaque dans le four le plus haut possible, et faites-les toaster sur les deux faces. N'éteignez pas le four.

Râpez le gruyère. Répartissez dans 4 bols à soupe les morceaux de tête de cochon, puis versez dessus la soupe bien chaude. Disposez ensuite 3 croûtons par bol et parsemez de gruyère râpé.

Placez ces bols sur une plaque de cuisson, et glissez-la dans le four, le plus haut possible. Laissez gratiner 5 minutes environ et servez bien chaud.

Soupes chaudes et froides

Lionel Poilâne

Potage aux champignons

Pour 4 personnes

250 g de champignons de Paris •
80 g de mie de pain de campagne
(rassis de préférence) • 30 g de beurre •
1 jaune d'œuf • 10 cl de crème fraîche liquide •
sel fin, poivre

Retirez les bouts terreux des champignons, lavez-les et égouttez-les. Sans les peler, coupez-les en fines lamelles.

Dans une casserole, versez 75 cl d'eau, ajoutez la mie de pain et les deux tiers des champignons émincés ; salez. Portez le potage à frémissements et laissez cuire à couvert 15 à 20 minutes.

Dans une cocotte, faites revenir 2 à 3 minutes le reste des champignons dans le beurre, sans coloration, en mélangeant délicatement avec une spatule.

Dès que le potage est cuit, versez-le dans le bol d'un mixeur, mixez puis versez-le dans une casserole et maintenez-le au chaud sur feu doux.

Mélangez au fouet le jaune d'œuf avec la crème liquide, puis versez ce mélange dans le potage. Faites chauffer (mais surtout pas bouillir), ajoutez les lamelles de champignons sautées, rectifiez l'assaisonnement selon votre convenance et servez.

Soupes chaudes et froides

YANNICK ALLÉNO

Potage cultivateur aux tripous

> **Pour 4 personnes**
>
> 4 tripous • 2 carottes moyennes • 2 navets •
> 2 pommes de terre moyennes • 1 blanc de poireau •
> 8 oignons grelots • 40 g de beurre • 50 cl de bouillon
> de volaille • quelques pluches de cerfeuil • sel fin

Pelez les carottes, les navets et les pommes de terre et coupez-les en paysanne. Nettoyez le blanc de poireau et émincez-le finement. **Lavez** les morceaux de pommes de terre et conservez-les dans un peu d'eau froide. Pelez les oignons, fendez-les en deux et émincez-les finement.

Faites fondre le beurre dans une grande cocotte sans le faire colorer. Lorsqu'il mousse, faites-y suer les légumes sur feu doux, en remuant bien avec une spatule : commencez par les oignons, puis ajoutez le poireau avec 1 pincée de sel, et laissez suer 2 à 3 minutes. Ajoutez ensuite les carottes et les navets, 1 pincée de sel et laissez suer 2 à 3 minutes.

Mettez dans la cocotte les tripous coupés en morceaux, mouillez avec le bouillon de volaille et portez à ébullition. Ajoutez les pommes de terre et laissez cuire à petits frémissements 15 minutes.

Servez ce potage bien chaud, avec quelques pluches de cerfeuil, et dégustez sans attendre.

Soupes chaudes et froides

ANNE-MARIE DE GENNES

Soupe à l'indienne

> **Pour 4 personnes**
>
> 350 g de chou-fleur • 4 oignons moyens •
> 1 morceau de gingembre de 15 g • 350 g de pommes de terre • 6 gousses d'ail • 1 cuil. à soupe d'huile d'olive • 1 cuil. à café de curcuma • 2 cuil. à café de cumin en poudre • 3 cuil. à café de coriandre moulue • 50 cl de bouillon de volaille •
> 250 g de crème fraîche épaisse • sel fin

Lavez le chou-fleur, égouttez-le puis divisez-le en petits bouquets (gardez seulement les sommités). Pelez et émincez les oignons et le morceau de gingembre. Pelez et coupez les pommes de terre en cubes, puis lavez-les et égouttez-les. Pelez les gousses d'ail, fendez-les en deux et dégermez-les.

Faites chauffer 1 cuillerée à soupe d'huile d'olive dans une casserole. Ajoutez les oignons et le gingembre et faites-les suer.

Ajoutez ensuite, sur feu doux, le curcuma, le cumin et la coriandre ; mélangez bien. Ajoutez les gousses d'ail, le chou-fleur et les cubes de pommes de terre, mouillez avec le bouillon, salez légèrement et portez à ébullition. L'ébullition obtenue, couvrez et laissez cuire à frémissements 20 à 30 minutes.

Versez la soupe dans le bol d'un mixeur et mixez. Incorporez la crème fraîche et mixez de nouveau.

Dégustez cette soupe chaude ou froide ; dans ce dernier cas, ajoutez un verre d'eau pour qu'elle soit plus fluide.

Astuce :
- Pour éviter que les épices ne s'éventent, achetez-les en petite quantité et conservez-les dans une boîte hermétique à l'abri de la lumière.

Soupes chaudes et froides

MICHEL DE MATTEIS

Soupe au pistou

Pour 4 personnes

100 g de haricots cocos (niçois de préférence) • 100 g de haricots plats niçois (ou de haricots verts) • 1 poireau • 1 oignon moyen • 1 branche de céleri • 1 pomme de terre • 1 carotte • 1 tomate • 25 cl d'huile d'olive • 1 petite courgette • 50 g de spaghettis • 4 gousses d'ail • 20 feuilles de basilic • 100 g de parmesan râpé • quelques croûtons de pain au levain • gros sel, poivre du moulin

Faites tremper les cocos dans de l'eau froide pendant 12 heures à température ambiante.

Épluchez le poireau, lavez-le soigneusement et émincez-le finement. Pelez et émincez l'oignon. Lavez la branche de céleri, retirez les fils puis émincez-la en morceaux de 1,5 cm. Pelez et coupez en gros cubes la pomme de terre ; lavez-les et égouttez-les. Pelez la carotte et coupez-la également en gros cubes. Mondez la tomate, coupez-la en deux, épépinez-la et coupez la chair en morceaux. Égouttez les cocos.

Faites chauffer 3 cuillerées à soupe d'huile d'olive dans une cocotte. Faites-y suer pendant 1 minute le poireau et l'oignon émincés. Ajoutez le céleri, la carotte, la tomate, la pomme de terre et les cocos. Mélangez et laissez suer encore 1 petite minute à feu doux. Mouillez avec 1 litre d'eau froide, ajoutez 1 cuillerée à café de gros sel et faites cuire 10 minutes à frémissements.

Effilez, lavez, égouttez et coupez en morceaux les haricots plats. Lavez la courgette et coupez-la en gros morceaux.

Coupez les spaghettis en petits morceaux : mettez-les dans un torchon, roulez le torchon, tenez-le ensuite par chaque extrémité et brisez les spaghettis en faisant glisser le torchon sur le bord de la table.

Après 10 minutes de cuisson, ajoutez à la soupe les haricots plats, la courgette et les spaghettis. Poursuivez la cuisson 10 minutes à frémissements.

Préparez le pistou : pelez et dégermez les gousses d'ail. Mixez-les avec les feuilles de basilic, 2 cuillerées à soupe de parmesan râpé et 15 cl d'huile d'olive. Incorporez à ce mélange le parmesan restant.

Après 20 minutes de cuisson, ajoutez à la soupe la moitié du pistou, mélangez délicatement et poivrez.

Tartinez le reste de pistou sur les croûtons. Arrosez la soupe d'un petit filet d'huile d'olive et servez aussitôt.

Pierre Koenig

Soupe aux fèves

> **Pour 4 personnes**
>
> 750 g de fèves écossées • 3 pommes de terre moyennes • 1 blanc de poireau • 10 g de beurre • 100 g de lardons de poitrine salée • 75 cl de bouillon de volaille • 1 petit bouquet de sarriette (ou de thym) • 5 cl de crème fraîche liquide • sel fin, poivre du moulin

Portez une grande quantité d'eau à ébullition dans une casserole. Salez l'eau, plongez-y les fèves écossées, blanchissez-les 20 secondes, puis rafraîchissez-les dans de l'eau bien froide et égouttez-les. Pelez-les et éliminez les plus gros germes.

Pelez les pommes de terre, coupez-les à la paysanne, lavez-les et égouttez-les.

Nettoyez le blanc de poireau puis émincez-le finement.

Faites fondre le beurre dans un poêlon, faites-y blondir les lardons. Ajoutez le blanc de poireau et faites-le suer sans coloration. Mouillez avec 50 cl de bouillon de volaille, portez à ébullition, ajoutez les pommes de terre, 1 brin de sarriette, salez légèrement et faites cuire 10 minutes à petits frémissements.

Mettez les fèves dans le poêlon, versez le reste de bouillon de volaille et comptez à nouveau 5 minutes de cuisson à frémissements. Incorporez la crème fraîche et rectifiez l'assaisonnement si nécessaire.

Versez dans une soupière, parsemez de feuilles de sarriette et dégustez sans attendre.

Jean Albrecht

Soupe de haricots avec knacks rôties et munster

Pour 4 personnes

1 paire de knacks (saucisses de Strasbourg) •
12 tranches fines de munster blanc (non affiné) •
250 g de haricots cocos cuits • 1 oignon moyen •
1 branche de céleri • 1 blanc de poireau •
1 petite carotte • 2 pommes de terre • 30 g de beurre •
1 feuille de laurier • 1 brindille de thym • 1,5 litre
de bouillon de volaille • 2 tomates moyennes •
huile d'arachide • 1 cuil. à soupe de persil
plat concassé • sel fin

Pelez et émincez l'oignon. Lavez la branche de céleri, retirez les fils et émincez-la. Lavez le blanc de poireau et émincez-le. Épluchez la carotte et coupez-la en rondelles. Pelez et lavez les pommes de terre.

Faites fondre 15 g de beurre dans une cocotte. Faites-y suer les légumes : d'abord l'oignon, puis le céleri, le blanc de poireau et enfin les rondelles de carotte. Ajoutez le laurier et le thym. Mouillez avec le bouillon de volaille, ajoutez les pommes de terre et portez à ébullition. Couvrez et laissez cuire 20 minutes.

Plongez les tomates quelques secondes dans de l'eau bouillante, rafraîchissez-les sous l'eau froide et pelez-les. Coupez-les en quatre, épépinez-les et taillez la pulpe en dés.

Après 20 minutes de cuisson, ajoutez dans la cocotte les haricots cuits et les dés de tomates. Portez à ébullition.

Avec une écumoire, retirez les pommes de terre, écrasez-les à la fourchette et mettez cette pulpe dans la soupe. L'ébullition obtenue, couvrez et réservez sur feu éteint. Rectifiez l'assaisonnement si nécessaire.

Coupez les knacks en rondelles de 1 cm. Faites chauffer un filet d'huile d'arachide et 15 g de beurre dans une poêle. Faites-y dorer les rondelles de knacks de chaque côté puis égouttez-les dans une passoire.

Versez la soupe dans des assiettes creuses. Parsemez chacune d'1 pincée de persil, répartissez les rondelles de knacks et les tranches de munster. Dégustez sans attendre.

Soupes chaudes et froides

MARC VEYRAT

Soupe de potiron, fleurette au goût de lard

Pour 4 personnes

750 g de chair de potiron • 125 g de lard fumé • 25 cl de crème fraîche liquide • 1 cuil. à soupe de beurre • 50 cl de lait • gros sel, sel, poivre du moulin

Coupez le lard en gros morceaux.

Versez 15 cl de crème fraîche dans une casserole, ajoutez le lard, portez à ébullition et laissez réduire de moitié afin d'obtenir une crème onctueuse. Passez cette crème (ne conservez pas le lard), laissez-la refroidir et réservez-la au réfrigérateur.

Coupez la chair de potiron en gros morceaux. Faites fondre le beurre dans une casserole, faites-y suer les morceaux de potiron 3 à 4 minutes. Mouillez avec le lait, salez au gros sel, couvrez et laissez cuire 30 minutes.

Fouettez le reste de crème fraîche, très froide, dans un récipient placé dans un plus grand contenant des glaçons, jusqu'à obtenir la consistance d'une crème Chantilly. Avec une spatule, incorporez délicatement cette crème à celle parfumée au lard (également bien froide). Réservez au réfrigérateur.

Quand la soupe est cuite, versez-la dans le bol d'un mixeur et mixez. Rectifiez l'assaisonnement si nécessaire.

Servez cette soupe bien chaude dans des tasses chaudes et disposez délicatement sur le dessus 1 cuillerée à soupe de crème.

Soupes chaudes et froides

Xavier Mathieu

Soupe à l'œuf mollet et au basilic

Pour 4 personnes

4 œufs • 2 tomates moyennes • 2 pommes de terre (BF 15) • 5 cuil. à soupe d'huile d'olive • 80 g de haricots cocos cuits • 1,5 litre de bouillon de volaille • 3 gousses d'ail • 20 feuilles de basilic • 50 g de gruyère râpé • sel fin

Sortez les œufs du réfrigérateur 1 heure avant leur utilisation.

Lavez et mondez les tomates, fendez-les en quatre, retirez les graines et coupez la pulpe en dés de 3 à 4 mm. Pelez les pommes de terre, coupez-les en dés de même taille que ceux de tomates, lavez-les et égouttez-les.

Faites chauffer 2 cuillerées à soupe d'huile d'olive dans une casserole. Ajoutez les haricots cuits, les dés de tomates, laissez suer 20 secondes, puis ajoutez les dés de pommes de terre. Versez le bouillon de volaille, portez à ébullition et laissez cuire 20 à 25 minutes à petits bouillons.

Portez une grande quantité d'eau à ébullition dans une casserole. Salez-la. Plongez les œufs délicatement dans l'eau à petite ébullition (ils doivent être bien immergés) et laissez-les cuire 5 minutes et 30 secondes. Rafraîchissez-les dans de l'eau bien froide, puis écalez-les.

Pelez les gousses d'ail, fendez-les en deux et dégermez-les. Dans un mortier, écrasez-les avec les feuilles de basilic, tout en incorporant petit à petit le restant d'huile d'olive et 2 cuillerées à soupe du bouillon de légumes chaud. Pilez jusqu'à obtenir une purée.

Mettez cette purée dans une soupière, ajoutez le gruyère, versez la soupe bouillante, remuez légèrement et couvrez.

Déposez 1 œuf mollet dans chacune des assiettes de service et versez la soupe dessus. Dégustez sans attendre.

JEANNE MORENI-GARRON

Tourin blanchi

> **Pour 4 à 6 personnes**
>
> 1 gros oignon • 2 gousses d'ail • 1 cuil. à soupe de graisse de canard • 2 petites feuilles de laurier • 1 cuil. à soupe de farine • 1 litre de bouillon de volaille • 2 œufs • 4 tranches de pain de campagne rassies (ou toastées) • sel fin, poivre du moulin

Pelez puis émincez finement l'oignon. Pelez les gousses d'ail, dégermez-les et émincez-les dans la longueur.

Faites chauffer la graisse de canard dans une cocotte, mettez-y les feuilles de laurier, l'oignon et les gousses d'ail, puis laissez suer sans colorer 5 minutes environ jusqu'à ce que l'oignon soit bien confit, en remuant régulièrement avec une spatule. Ajoutez la farine puis le bouillon de volaille, en prenant soin de verser juste une petite quantité pour commencer afin de bien délayer la farine. Salez légèrement, poivrez et laissez frémir 10 à 15 minutes.

Cassez les œufs en séparant les jaunes des blancs. Mettez les jaunes dans une soupière, versez dessus les trois quarts du bouillon bien chaud petit à petit tout en fouettant vivement afin de lier la soupe. Ajoutez les blancs d'œufs dans le quart de bouillon restant, sur feu éteint. Dès qu'ils ont coagulé, versez le tout dans la soupière.

Disposez 1 tranche de pain de campagne dans chaque assiette, versez le tourin blanchi bien chaud dessus et dégustez.

Soupes chaudes et froides

CHRISTOPHE MOISAND

Velouté d'asperges froid au saumon fumé

Pour 4 personnes

20 asperges vertes • 240 g de saumon fumé coupé en petits dés • 20 g de beurre • 25 cl de bouillon de volaille • 55 cl de crème fraîche liquide bien froide • 3 cuil. à soupe de ciboulette ciselée • gros sel, sel fin, poivre du moulin

Pelez les asperges, coupez-les à 3 cm de la pointe, puis coupez les queues en rondelles de 1 cm.

Faites fondre le beurre dans une cocotte. Mettez-y les rondelles d'asperges et roulez-les dans la matière grasse 1 à 2 minutes sur feu doux. Salez au gros sel, mouillez avec le bouillon de volaille et laissez cuire 10 à 15 minutes sur feu doux.

Portez de l'eau à ébullition dans une casserole, salez au gros sel, plongez-y les pointes d'asperges et faites-les cuire 3 minutes environ (elles doivent être un peu fermes). Rafraîchissez-les rapidement dans de l'eau bien froide puis égouttez-les sur un linge propre.

Fouettez 25 cl de crème fraîche dans un récipient placé dans un second plus grand contenant des glaçons. Mélangez délicatement, avec une spatule, 160 g de crème fouettée avec le saumon fumé coupé en dés et 2 cuillerées à soupe de ciboulette ciselée. Rectifiez l'assaisonnement. Réservez au réfrigérateur.

Mixez les rondelles d'asperges avec leur bouillon de cuisson, incorporez-y le reste de crème fraîche bien froide. Laissez refroidir ce velouté, puis incorporez-y au fouet le reste de crème fouettée.

Divisez la crème au saumon fumé en 4 parts égales et formez des quenelles.

Disposez 4 pointes d'asperges dans chaque assiette creuse et recouvrez-les du velouté d'asperges. Parsemez du reste de ciboulette ciselée et disposez délicatement par-dessus 1 quenelle de crème au saumon fumé. Terminez par 1 pointe d'asperge. Dégustez sans attendre.

Soupes chaudes et froides

PHILIPPE ETCHEBEST

Velouté de champignons aux pignons

Pour 4 personnes

700 g de champignons de Paris • 10 g de pignons torréfiés et concassés • 1 oignon moyen • 1 cuil. à soupe de graisse de canard • 50 cl de bouillon de volaille • 20 cl de crème fraîche liquide bien froide • 1 cuil. à soupe de persil plat haché • 1 cuil. à soupe d'alcool de noix • 50 g de beurre bien froid • sel fin, poivre du moulin

Coupez le bout terreux des champignons de Paris, lavez-les, plusieurs fois mais rapidement, à l'eau froide, égouttez-les et émincez-les. Pelez et émincez l'oignon.

Faites fondre la graisse de canard dans un poêlon, faites-y suer sans coloration l'oignon et les champignons, salez et poivrez légèrement. Versez le bouillon de volaille, portez à frémissements et laissez cuire 15 minutes.

Fouettez la moitié de la crème fraîche dans un récipient placé dans un plus grand contenant des glaçons. Ajoutez les pignons et le persil haché, salez légèrement, versez l'alcool de noix, mélangez au fouet et réservez au réfrigérateur.

Mixez les champignons cuits avec le bouillon, d'abord à petite vitesse. Incorporez ensuite le reste de crème fraîche et le beurre coupé en petits morceaux ; rectifiez l'assaisonnement. Ce velouté doit être lisse et onctueux.

Versez le velouté dans les assiettes, ajoutez dans chacune 1 cuillerée à soupe de crème fouettée aux pignons et dégustez sans attendre.

Soupes chaudes et froides

Pascal Roussy
Velouté de cresson

Pour 4 personnes

1 botte de cresson • 250 g de pommes de terre •
1 blanc de poireau • 1 jaune d'œuf •
5 cl de crème fraîche liquide • 50 g de beurre •
1 cuil. à soupe de vinaigre •
gros sel, sel fin, poivre du moulin

Effeuillez la botte de cresson, lavez avec soin les feuilles dans de l'eau vinaigrée et égouttez-les.

Pelez les pommes de terre, coupez-les en petits morceaux réguliers, lavez-les et égouttez-les.

Nettoyez le blanc de poireau, puis émincez-le finement.

Faites fondre le beurre dans une cocotte. Faites-y suer le poireau 1 à 2 minutes. Ajoutez les feuilles de cresson, laissez suer 1 minute à feu doux. Mouillez avec 75 cl d'eau, ajoutez les pommes de terre, mélangez, salez au gros sel, portez à ébullition et laisser cuire 25 minutes à petits bouillons.

Versez le potage dans le bol d'un mixeur et mixez. Rectifiez l'assaisonnement, puis transvasez ce velouté dans une cocotte. Portez à ébullition. Mélangez au fouet le jaune d'œuf avec la crème fraîche.

Lorsque le velouté est bien chaud, baissez le feu, puis incorporez-y, petit à petit et sur feu doux, le mélange œuf-crème (ne portez surtout plus à ébullition).

Versez le velouté dans une soupière et dégustez sans attendre.

Soupes chaudes et froides

PASCAL BARBOT

Velouté de petits pois, croustillants à la tomme

Pour 4 personnes

250 g de petits pois écossés • 4 tranches fines de tomme fraîche + 50 g • 1 pomme de terre BF 15 (100 g) • 20 g de beurre • 25 g de lardons de poitrine fumée • 40 cl de lait entier • 10 cl de crème fraîche liquide • huile de noisette • sel fin, poivre du moulin

Pelez la pomme de terre, lavez-la, faites-la cuire dans de l'eau salée, égouttez-la et écrasez-la.

Coupez 50 g de tomme fraîche en petits dés.

Faites chauffer 10 g de beurre dans une casserole, faites-y suer les lardons. Ajoutez la pulpe de pomme de terre tiède et mélangez avec une spatule. Incorporez, hors du feu, les dés de tomme, salez très légèrement et poivrez. Réservez.

Plongez les petits pois dans de l'eau bouillante salée et faites-les cuire 4 à 5 minutes. Rafraîchissez-les dans de l'eau bien froide contenant quelques glaçons, puis égouttez-les.

Versez 1 cuillerée à soupe d'eau froide dans une casserole, le lait et la crème fraîche. Portez à ébullition.

Mettez les petits pois dans le bol d'un mixeur, versez dessus le lait et la crème bouillants, puis mixez. Rectifiez l'assaisonnement.

Faites fondre le reste de beurre dans une poêle. Ajoutez la préparation réservée, étalez-la dans la poêle avec une fourchette. Faites cuire 2 à 3 minutes de chaque côté, puis coupez en 4 morceaux.

Faites réchauffer si nécessaire le velouté pour qu'il soit bien chaud. Arrosez-le d'un filet d'huile de noisette, puis servez-le dans des assiettes creuses. Ajoutez dans chacune d'elles 1 fine tranche de tomme.

Accompagnez le velouté des croustillants à la tomme et dégustez sans attendre.

Soupes chaudes et froides

Patricia Gomez

Velouté de potiron au jambon de pays

Pour 4 personnes

400 g de pulpe de potiron • 2 tranches de jambon de pays de 5 mm d'épaisseur • 1 oignon (50 g environ) • 1 gousse d'ail • 1/2 botte de ciboulette • 3 cuil. à soupe d'huile d'olive • 75 cl de bouillon de volaille • 4 tranches de baguette de 5 mm d'épaisseur • 100 g de beurre bien froid • 200 g de crème fraîche liquide • sel fin, poivre du moulin

Retirez la peau et les pépins du potiron et coupez la pulpe en cubes de 2 cm. Pelez l'oignon et émincez-le finement. Pelez la gousse d'ail, fendez-la en deux et dégermez-la. Ciselez finement la ciboulette.

Dans une grande cocotte, faites suer à feu doux l'oignon émincé sans coloration avec 2 cuillerées à soupe d'huile d'olive. Dès qu'il est translucide, mettez les cubes de potiron et faites-les suer, toujours sur feu doux, 5 minutes. Versez le bouillon de volaille, salez très légèrement, portez à frémissements et laissez cuire à découvert 30 minutes.

Éliminez le gras des tranches de jambon et coupez-les en lanières puis en bâtonnets.

Préchauffez le four en position gril. Faites dorer les tranches de baguette sur les 2 faces. Frottez-les avec la gousse d'ail sur une seule face. Vérifiez la cuisson du potiron en le piquant avec la pointe d'un couteau : si elle s'enfonce facilement, mixez-le directement dans la cocotte.

Incorporez ensuite le beurre coupé en morceaux et mixez de nouveau. Ajoutez la crème fraîche et mixez longuement, car c'est cette émulsion finale qui donne l'onctuosité au velouté. Goûtez et rectifiez l'assaisonnement si nécessaire.

Disposez les bâtonnets de jambon dans la soupière, versez le velouté très chaud, déposez dessus les croûtons et parsemez de 2 ou 3 pincées de ciboulette ciselée.

Arrosez pour finir d'un petit filet d'huile d'olive.

Astuce :
- Cette recette peut servir de modèle pour toutes sortes de veloutés (d'asperges, de courgettes, etc.).

Soupes chaudes et froides

JEAN-ANDRÉ CHARIAL

Velouté de topinambours au curry

Pour 4 personnes

500 g de topinambours • 2 cuil. à soupe d'huile d'olive •1 cuil. à café de miel de Provence • 1 cuil. à café de curry • 50 cl de bouillon de volaille • 25 cl de crème fraîche liquide • sel fin, poivre du moulin

Lavez soigneusement les topinambours, sans les peler. Essuyez-les, puis coupez-les en petits dés.

Faites chauffer l'huile d'olive dans une cocotte, ajoutez les dés de topinambours et faites-les suer quelques minutes. Ajoutez le miel, pour les caraméliser légèrement, et enfin le curry.

Versez le bouillon de volaille dans la cocotte, portez à ébullition, incorporez la crème fraîche et laissez cuire 30 minutes à frémissements.

Lorsque les topinambours sont cuits, mixez le tout, rectifiez l'assaisonnement et servez aussitôt bien chaud.

Plats
principaux

Aubergines farcies aux olives noires, 144

Basquaise de légumes à l'œuf cassé, 145

Feuilles de chou farcies, 147

Gratin de macaroccinis, 149

Jardinière de lentilles, 150

Matafan au lard, 151

Parmentier au jambon de Bayonne, 152

Parmentier au potimarron, 154

Risotto de potiron safrané, 156

Tagliatelles au pesto, 157

Tarte à l'oignon, 158

Tarte méditerranéenne à la tomate confite, 159

Tartiflette de Savoie, 162

Tourte lozérienne aux « herbes », 164

Plats principaux

ROGER VERGÉ

Aubergines farcies aux olives noires

Pour 2 personnes

2 aubergines de taille moyenne • 40 g d'olives noires (niçoises, de préférence) • 3 cuil. à soupe d'huile d'olive • 100 g de champignons de Paris (ou de cèpes) • 1 gousse d'ail • 1 petit bouquet de menthe poivrée • 1 petit bouquet de persil plat • 1 œuf • 3 cuil. à soupe de mie de pain fraîche • sel fin, poivre du moulin

Préchauffez le four à 250 °C (thermostat 8-9).

Lavez les aubergines, coupez leurs extrémités. Fendez-les en deux dans la longueur, puis, avec la pointe d'un couteau, incisez leur pourtour et quadrillez leur chair. Salez et arrosez-les d'1 petite cuillerée à soupe d'huile d'olive, disposez-les sur un plat de cuisson et cuisez-les au four pendant 30 minutes.

Coupez les bouts terreux des champignons, lavez-les, puis hachez-les grossièrement. Dans une cocotte, versez 2 cuillerées à soupe d'huile d'olive. Quand elle est bien chaude, incorporez les champignons sur feu vif pour qu'ils rendent leur eau. Salez et remuez avec une spatule.

Évidez délicatement la pulpe des demi-aubergines cuites avec une petite cuiller, en veillant à ne pas crever la peau. Remettez le feu sous les champignons. Coupez grossièrement la pulpe des aubergines et versez-la dans la cocotte. Mélangez vivement pendant 30 secondes, puis retirez la cocotte du feu.

Préparez la farce : pelez et concassez la gousse d'ail. Lavez, essorez et concassez la menthe et le persil de manière à en obtenir 1 cuillerée à soupe de chaque. Dénoyautez les olives et coupez-les en morceaux. Battez l'œuf au fouet. Tout en remuant, versez dans la cocotte la gousse d'ail, la menthe, le persil, les olives, l'œuf battu ainsi que 2 cuillerées à soupe de mie de pain émiettée. Assaisonnez de poivre du moulin.

Garnissez les peaux des aubergines avec la farce en reconstituant la forme initiale et saupoudrez-les du reste de mie de pain. Disposez-les dans un plat de cuisson préalablement huilé, et faites cuire 10 minutes au four.

Disposez-les sur un plat et servez bien chaud.

Plats principaux

ANDRÉ GAUZÈRE

Basquaise de légumes à l'œuf cassé

Pour 4 personnes

4 œufs • 1 gousse d'ail • 1 oignon moyen •
2 poivrons rouges • 2 poivrons verts •
2 grosses tomates • 3 cuil. à soupe de graisse de canard (ou d'huile d'olive) • 1 cuil. à soupe de concentré de tomate • 1 morceau de sucre •
1 verre de vin blanc (moelleux, de préférence) •
20 lardons de ventrèche • piment d'Espelette en poudre (ou poivre du moulin) • 1 cuil. à soupe de persil plat concassé • sel fin

> **Salade :**
> 2 poignées de salades mélangées • 20 copeaux
> de fromage de brebis • 3 cuil. à soupe d'huile d'olive •
> 1 cuil. à soupe de vinaigre de vin •
> sel fin, poivre du moulin

Pelez la gousse d'ail, fendez-la en deux dans la longueur et dégermez-la. Pelez et hachez l'oignon. Ouvrez les poivrons rouges et verts du côté du pédoncule, épépinez-les et coupez-les en bâtonnets. Mondez les tomates, puis fendez-les en quatre, retirez les graines et coupez la pulpe en dés.

Faites chauffer 2 cuillerées à soupe de graisse de canard dans un poêlon. Faites-y colorer la gousse d'ail, ajoutez l'oignon haché et les bâtonnets de poivrons. Laissez suer sur feu doux tout en remuant. Lorsque les bâtonnets de poivrons sont ramollis, ajoutez les dés de tomates, le concentré de tomate et le morceau de sucre. Mélangez avec une spatule. Ajoutez le vin blanc, salez et laissez mijoter 5 minutes sur feu doux.

Faites colorer les lardons dans une poêle. Débarrassez-les sur une assiette. Dans la graisse de cuisson des lardons, faites chauffer la graisse de canard restante. Versez les œufs dans la poêle, cassez les jaunes et faites cuire en remuant constamment avec une spatule. Lorsque les œufs sont cuits, ajoutez dessus les trois quarts de la basquaise, les lardons, mélangez, salez, ajoutez 1 pincée de piment d'Espelette (ou de poivre).

Disposez sur un plat de service, versez dessus le restant de basquaise et le persil.

Servez avec la salade assaisonnée de la vinaigrette à base d'huile d'olive et de vinaigre de vin, et parsemée des copeaux de fromage de brebis.

Françoise Dépée

Feuilles de chou farcies

Pour 4 personnes

8 belles feuilles de chou vert • 50 g de cèpes séchés • 120 g de beurre • 100 g de grains de sarrasin • 50 cl de bouillon de volaille • 1 petite feuille de laurier • 1 brindille de thym frais • 1 gros oignon pelé et haché • 200 g de gorge de porc hachée • 1 échalote pelée et hachée • 1 gousse d'ail pelée et hachée • 300 g de paleron haché • 2 cuil. à soupe de persil plat haché • 3 cuil. à soupe de crème fraîche épaisse • sel fin, poivre du moulin

Passez les cèpes sous l'eau pour bien les rincer, puis faites-les tremper dans de l'eau froide.

Préparez la kacha (préparation russe à base de sarrasin) : faites fondre 20 g de beurre dans une casserole, puis, sur feu doux, ajoutez les grains de sarrasin en les enrobant de beurre, salez et poivrez. Quand les grains ont absorbé le beurre, comptez 1 petite minute environ, puis mouillez avec 20 cl de bouillon de volaille, ajoutez le laurier et le thym. Portez à ébullition, couvrez et laissez cuire 10 minutes sur feu doux.

Lavez les feuilles de chou. Portez une grande quantité d'eau à ébullition, salez, puis plongez-y les feuilles de chou et laissez-les pendant 2 à 3 minutes. Rafraîchissez-les dans de l'eau bien froide et égouttez-les aussitôt.

Lorsque la kacha est cuite, préparez la farce : faites fondre 50 g de beurre dans un poêlon, puis, sur feu doux, faites-y suer l'oignon, salez et poivrez. Ajoutez la gorge de porc, salez, poivrez, mélangez bien et laissez cuire sans coloration. Ajoutez ensuite l'échalote, la gousse d'ail et le paleron, salez, poivrez, mélangez et laissez cuire. Terminez en ajoutant le persil haché et rectifiez l'assaisonnement.

Éliminez la brindille de thym et la feuille de laurier de la kacha, ajoutez cette dernière à la farce, mélangez bien, coupez le feu et laissez refroidir.

Préchauffez le four à 180 °C (thermostat 6).

Désépaississez les côtes des feuilles de chou. Étalez ces feuilles côté extérieur sur un plan de travail. Répartissez la farce refroidie sur les feuilles, en petit tas au niveau de la partie la plus large de la côte, rabattez cette dernière sur la farce, puis les deux côtés, droit et gauche, et roulez ensuite vers le bord extérieur des feuilles de façon à faire des petits rouleaux.

Beurrez un plat allant au four. Disposez-y les petits rouleaux de chou, ajoutez les 30 cl de bouillon de volaille restants et posez une noix de beurre sur chaque feuille. Protégez d'une feuille de papier d'aluminium, sans couvrir hermétiquement, et faites cuire au four pendant 1 heure.

Égouttez les cèpes en récupérant l'eau de trempage. Hachez-les grossièrement. Versez l'eau de trempage dans une casserole, ajoutez les champignons hachés, salez, poivrez et laissez cuire 5 minutes à frémissements. Incorporez ensuite la crème fraîche.

Après 1 heure de cuisson, sortez les feuilles de chou farcies du four. Laissez-les dans le plat de cuisson, versez la sauce aux cèpes autour et dégustez sans attendre.

Pascal Fayet

Gratin de macaroccinis

Pour 4 personnes

250 g de macaroccinis (petits macaronis) • 100 g de lardons de poitrine fumée demi-sel • 100 g de lardons de pancetta • 250 g de crème fraîche épaisse • noix de muscade • 50 g de parmesan râpé • 150 g de gruyère râpé • gros sel, poivre du moulin

Faites dorer ensemble les lardons de poitrine fumée et de pancetta dans un poêlon. Ajoutez la crème fraîche, poivrez, parsemez de quelques râpures de noix de muscade, laissez réduire d'un tiers, puis arrêtez la cuisson. Versez cette sauce dans un poêlon et réservez à température ambiante.

Portez un grand volume d'eau à ébullition, salez au gros sel, puis plongez-y les pâtes. Faites-les cuire en remuant régulièrement ; elles doivent rester *al dente*. Réservez l'eau de cuisson.

Retirez-les avec une écumoire et mettez-les directement dans la sauce. Ajoutez 2 petites louches d'eau de cuisson et mélangez.

Faites cuire 3 à 4 minutes ; les pâtes vont terminer leur cuisson tout en s'imprégnant de la sauce. Ajoutez en fin de cuisson le parmesan râpé.

Préchauffez le four en position gril.

Versez les pâtes et la sauce dans un plat à gratin. Parsemez du gruyère râpé.

Glissez le plat dans le four et faites gratiner 3 à 4 minutes. Ce gratin doit être bien doré, croustillant en surface et moelleux à l'intérieur. Servez avec une salade.

Plats principaux

JOSY BANDECCHI

Jardinière de lentilles

Pour 4 personnes

300 g de lentilles vertes • 4 carottes •
3 blancs de poireaux • 4 petits navets •
1 bulbe de fenouil • 3 ou 4 branches de céleri •
4 oignons moyens • 6 gousses d'ail • 6 cuil. à soupe
d'huile d'olive • 1 bouquet garni • 800 g de poitrine
de porc fraîche • sel fin, poivre du moulin

Versez dans une casserole 1 litre d'eau froide et immergez-y les lentilles. Portez à ébullition, blanchissez-les 3 à 5 minutes, puis égouttez-les.

Pelez les carottes, lavez-les puis émincez-les en sifflets de 1 cm d'épaisseur. Nettoyez les blancs de poireaux et émincez-les de la même façon. Pelez et coupez les navets en morceaux. Parez le bulbe de fenouil et émincez-le. Lavez les branches de céleri, éliminez les filandres et émincez-les.

Pelez et émincez finement les oignons. Pelez les gousses d'ail, dégermez-les et émincez-les finement dans la longueur.

Faites chauffer 4 cuillerées à soupe d'huile d'olive dans un large poêlon. Mettez-y à suer les oignons et les gousses d'ail émincés sur feu doux. Ajoutez le bouquet garni, les carottes, le céleri, les navets, les blancs de poireaux et le fenouil, salez et laissez suer 10 minutes sans coloration.

Mettez les lentilles blanchies dans le poêlon, mélangez-les aux légumes, mouillez d'eau à hauteur, salez et poivrez. Couvrez et laissez cuire 30 minutes à frémissements.

Coupez la poitrine de porc en 4 tranches épaisses.

Chauffez le reste d'huile d'olive dans une sauteuse, puis saisissez de chaque côté les tranches de porc ; elles doivent être bien dorées. Salez et poivrez. Plongez-les dans la jardinière de lentilles, couvrez et comptez 20 minutes de cuisson supplémentaires.

Plats principaux

Pierre Koenig

Matafan au lard

Pour 4 personnes

80 g de raisins secs noirs (de Corinthe) •
200 g de pommes de terre (BF15 ou bintje) •
2 œufs • 150 g de farine • 20 cl de lait entier •
100 g de lardons • 1 pincée de pistils de safran •
huile d'arachide • sel fin, poivre du moulin

Mettez les raisins secs dans un petit récipient, recouvrez-les d'eau tiède et laissez-les tremper au moins 30 minutes à température ambiante.
Pelez les pommes de terre, lavez-les, puis râpez-les finement.
Battez les œufs en omelette. Égouttez les raisins secs.
Mettez les pommes de terre râpées dans un récipient. Avec une spatule, incorporez-y la farine, puis, petit à petit, le lait, les œufs battus, les lardons, les raisins secs égouttés, les pistils de safran ; salez et poivrez.
Préchauffez le four à 180 °C (thermostat 6).
Faites chauffer un filet d'huile d'arachide dans une poêle,

versez-y la préparation et laissez colorer sur feu doux 5 minutes environ.

Lorsque la crêpe commence à prendre sur les bords, glissez la poêle dans le four et laissez cuire 10 minutes. Laissez tiédir 2 à 3 minutes avant de disposer le matafan sur un plat de service, puis dégustez sans attendre.

Plats principaux

ANDRÉ GAÜZÈRE

Parmentier au jambon de Bayonne

Pour 4 personnes

1 talon de jambon de Bayonne désossé •
800 g de pommes de terre (BF 15 ou charlotte)
de même taille • 100 g de beurre bien froid •
20 cl de crème fraîche liquide • 1 oignon moyen •
2 cuil. à soupe de persil plat concassé •
50 g de gruyère râpé • gros sel

Pelez les pommes de terre. Lavez-les, mettez-les dans une casserole, recouvrez-les d'eau froide, salez légèrement au gros sel et portez à ébullition. Faites cuire 20 à 25 minutes. Égouttez-les et passez-les au moulin à légumes.

Versez la pulpe de pommes de terre dans une casserole sur feu doux, incorporez-y petit à petit le beurre coupé en petits morceaux en remuant avec une spatule. Détendez cette purée avec

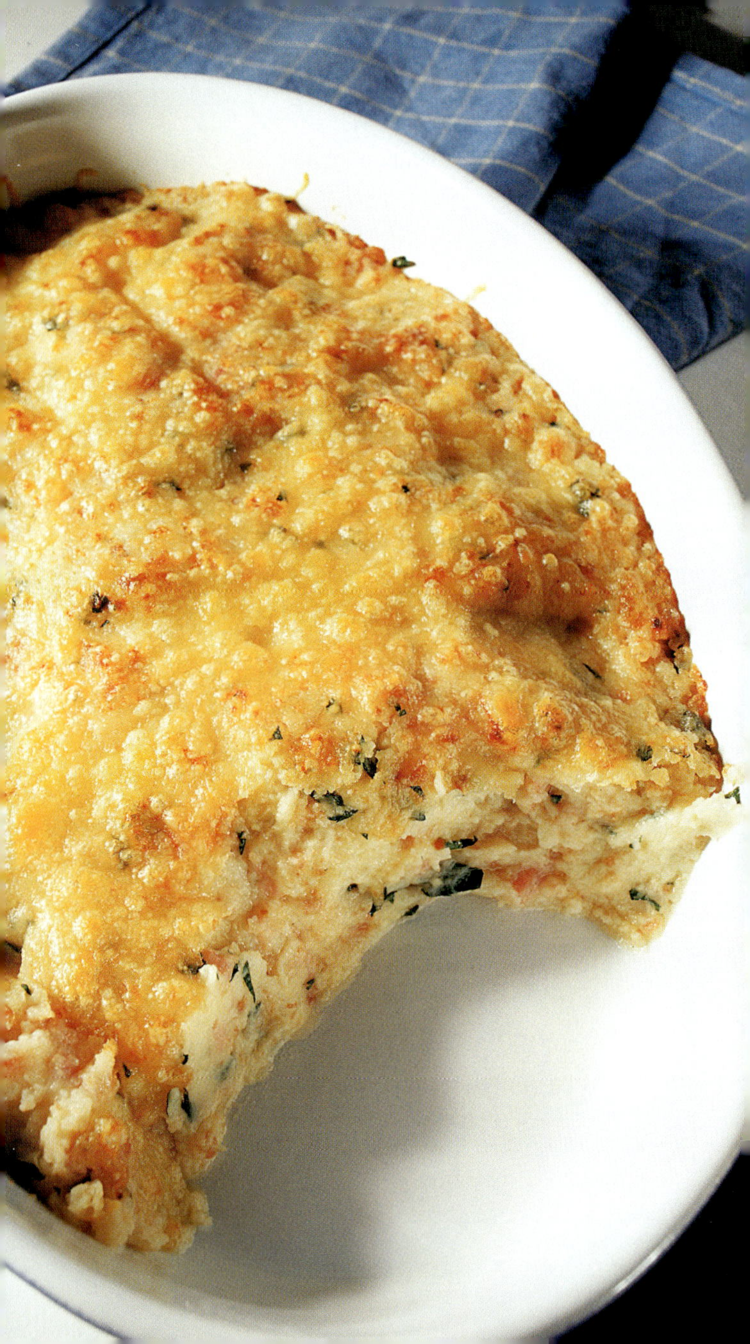

la crème fraîche afin d'obtenir une texture onctueuse. Réservez sur feu doux.

Retirez la couenne du jambon : il doit rester 250 g de jambon pour cette recette. Hachez la chair et le gras du jambon avec une grosse grille.

Pelez et hachez finement l'oignon. Dans un poêlon, faites suer le jambon haché, 2 à 3 minutes, tout en mélangeant avec une spatule. Ajoutez l'oignon haché et faites-le cuire pendant 5 minutes. Parsemez de persil, mélangez et réservez sur feu doux.

Préchauffez le four en position gril.

Ajoutez la purée dans le poêlon, mélangez délicatement avec une spatule et rectifiez l'assaisonnement. Transvasez le parmentier dans un plat à gratin et parsemez du gruyère râpé. Glissez le plat dans le four et laissez gratiner 5 minutes.

Dégustez ce parmentier accompagné d'une salade avec des croûtons à l'ail.

Plats principaux

PHILIPPE ETCHEBEST

Parmentier au potimarron

Pour 4 personnes

1 kg de chair de potimarron (ou de potiron) • 3 tranches de pain d'épice • 10 cl de crème fraîche liquide bien froide • 50 g de beurre • 2 cuisses de canard confites • 1 pied de porc cuit • sel fin

Préparez une chapelure de pain d'épice (la valeur de 3 cuillerées à soupe) : disposez les tranches de pain d'épice sur une plaque de cuisson, faites-les sécher 45 minutes dans le four à 120-140 °C (thermostat 4), puis émiettez-les.

Coupez la chair de potimarron en morceaux. Portez de l'eau à ébullition dans la partie inférieure d'un cuiseur à vapeur, placez les morceaux de potimarron dans la partie supérieure, couvrez et faites cuire 15 minutes environ. Vérifiez la cuisson en goûtant un morceau : il doit être fondant. S'il est encore ferme, prolongez la cuisson quelques minutes.

Fouettez la crème fraîche dans un récipient placé dans un plus grand contenant des glaçons. Réservez cette crème au réfrigérateur.

La cuisson terminée, égouttez les morceaux de potimarron, puis passez-les au moulin à légumes. Mettez la pulpe de potimarron dans une cocotte à fond épais et faites-la dessécher sur feu doux en mélangeant avec une spatule. Salez, incorporez successivement le beurre coupé en petits morceaux et la crème fouettée.

Préchauffez le four à 200 °C (thermostat 6-7).

Beurrez grassement un plat à gratin.

Retirez la peau des cuisses de canard, désossez-les et émiettez grossièrement la chair. Coupez le pied de porc en petits morceaux.

Tapissez le fond du plat à gratin de purée de potimarron. Répartissez dessus la moitié des morceaux de canard et de pied de porc. Recouvrez d'une couche de purée puis du reste de viande. Terminez en étalant la purée restante.

Parsemez le parmentier de 2 à 3 cuillerées à soupe de chapelure de pain d'épice. Glissez le plat dans le four et comptez environ 30 minutes de cuisson.

REINE SAMMUT

Risotto de potiron safrané

Pour 6 personnes

1 tranche de potiron de 500 g •
50 cl de bouillon de volaille • 3 échalotes •
15 cl d'huile d'olive • 200 g de riz à risotto (arborio) •
10 cl de vin blanc sec • 15 pistils de safran •
150 g de chipirons (petits calamars) •
30 g de beurre • 50 g d'emmental râpé •
50 g de parmesan râpé • sel fin, poivre du moulin

Retirez la peau et les graines du potiron et coupez la chair en petits morceaux. Versez le bouillon de volaille dans une casserole, salez légèrement et portez à ébullition. Ajoutez les morceaux de potiron et laissez cuire à frémissements environ 20 minutes. Mixez avec un mixeur plongeant pour obtenir un velouté.

Pelez et hachez finement les échalotes. Versez 10 cl d'huile d'olive dans une cocotte assez large, ajoutez les échalotes et faites-les suer sans coloration sur feu doux environ 2 minutes, en mélangeant bien. Dès qu'elles sont translucides, ajoutez le riz et faites-le cuire 2 à 3 minutes, toujours sur feu doux, sans colorer. Versez ensuite le vin blanc et laissez frémir jusqu'à totale évaporation, en remuant sans cesse. Enfin, incorporez le velouté de potiron, louche après louche, jusqu'à ce que le riz soit cuit (environ 20 minutes au total). Attendez entre chaque louche que le velouté soit absorbé et remuez sans cesse. À mi-cuisson du riz, ajoutez les pistils de safran. Lorsque le risotto est cuit, réservez-le sur feu éteint.

Coupez les chipirons en rouelles. Mettez à chauffer un filet d'huile d'olive dans une poêle et mettez-y ces rouelles. Faites-les revenir, salez, poivrez et réservez sur feu éteint.

Réchauffez le risotto à feu doux sans cesser de mélanger. Incorporez le beurre, l'emmental et le parmesan râpés. Mélangez bien et vérifiez l'assaisonnement.

Mettez le risotto dans un plat de service et posez dessus les rouelles de chipirons. Arrosez le tout d'un petit filet d'huile d'olive et dégustez sans attendre.

Astuce :
- Ne lavez jamais le riz lorsqu'il est destiné à la préparation d'un risotto, car c'est son amidon qui donne de l'onctuosité au risotto.

Plats principaux

Pascal Fayet

Tagliatelles au pesto

Pour 2 personnes

250 g de tagliatelles fraîches • 100 g de basilic •
3 gousses d'ail • 2 cuil. à soupe de pignons •
5 cuil. à soupe d'huile d'olive • 25 g de beurre •
sel fin, poivre du moulin

Lavez le basilic, égouttez-le et éliminez les tiges. Pelez les gousses d'ail, fendez-les en deux, dégermez-les puis hachez-les.

Dans une poêle, faites colorer les pignons de pin sans matière grasse.

Mixez les feuilles de basilic avec les gousses d'ail hachées et l'huile d'olive, salez et poivrez. Faites chauffer ce mélange sur feu doux dans une casserole avec le beurre et les pignons ; rectifiez l'assaisonnement si nécessaire. Dès que cette sauce est chaude et le beurre fondu, retirez la casserole du feu.

Portez une grande quantité d'eau salée à ébullition. Plongez-y les tagliatelles. Laissez-les cuire 30 secondes puis sortez-les avec une écumoire et mettez-les dans la sauce. Chauffez à feu doux, ajoutez 2 louches d'eau de cuisson des tagliatelles, mélangez bien, rectifiez l'assaisonnement, dressez sur un plat de présentation et servez sans attendre.

Plats principaux

ANTOINE WESTERMANN

Tarte à l'oignon

Pour 4 personnes

400 g de pâte brisée • 200 g de petits oignons blancs • 35 g de beurre • 30 g de lardons fumés taillés en fine julienne • 2 œufs • 15 cl de lait • noix de muscade • 15 cl de crème fraîche liquide • sel fin, poivre du moulin

Préchauffez le four à 180 °C (thermostat 6).

Abaissez la pâte brisée sur 3 mm d'épaisseur environ au rouleau à pâtisserie. Beurrez un moule à tarte de 20 cm de diamètre. Foncez-le de l'abaisse de pâte. (Pour que la tarte soit plus savoureuse, placez le fond de tarte cru 15 à 20 minutes au réfrigérateur avant de le mettre au four.)

Posez une feuille de papier d'aluminium sur le fond de tarte, couvrez de haricots secs, mettez au four et faites précuire pendant 20 minutes. Laissez le four allumé à la même température.

Pelez les oignons et émincez-les finement. Dans un poêlon, faites suer à feu doux les lardons avec 25 g de beurre pendant 1 à 2 minutes. Ajoutez ensuite les oignons et faites-les suer ; laissez cuire 30 minutes sur feu doux à couvert, en remuant toutes les 5 minutes avec une spatule.

Battez les œufs dans un saladier, ajoutez le lait, la crème fraîche et 1 râpure de noix de muscade. Poivrez, salez légèrement et mélangez bien.

Répartissez sur le fond de tarte précuit la préparation tiède aux oignons et aux lardons, versez dessus le mélange d'œufs et de crème. Glissez la tarte dans le four et faites-la cuire 30 à 35 minutes.

Dégustez-la tiède, accompagnée d'un sylvaner alsacien, de préférence.

Plats principaux

CHRISTOPHE CUSSAC

Tarte méditerranéenne à la tomate confite

Pour 4 personnes

3 tomates moyennes • 2 ou 3 brindilles de thym frais •
5 cuil. à soupe d'huile d'olive • 10 g de beurre •
farine • 250 g de pâte brisée • 1 mozzarella
de 200 à 250 g • 20 olives noires niçoises • 2 œufs •

125 g de crème fraîche liquide •
noix de muscade • 1/2 gousse d'ail pelée •
1/2 cuil. à café de moutarde • sel fin, poivre du moulin

Préchauffez le four à 90-100 °C (thermostat 3-4).

Lavez les tomates, éliminez les pédoncules, puis plongez les tomates dans de l'eau bouillante pendant quelques secondes. Lorsque la peau commence à craquer, rafraîchissez-les dans de l'eau glacée afin de stopper la cuisson, puis égouttez-les et pelez-les.

Coupez chaque tomate en trois, éliminez les cœurs et les pépins. Salez et poivrez l'intérieur des morceaux de tomates et ajoutez 6 ou 7 feuilles de thym. Versez un filet d'huile d'olive sur une plaque de four. Passez la partie bombée des morceaux de tomates dans l'huile d'olive, posez-les sur la plaque et arrosez l'intérieur de chaque morceau d'1/2 cuillerée à café d'huile d'olive. Glissez la plaque dans le four et laissez confire pendant 3 heures.

Beurrez un moule à tarte avec un pinceau et placez-le au réfrigérateur. Farinez le plan de travail et étendez la pâte brisée au rouleau à pâtisserie. Pour déplacer facilement l'abaisse de pâte, enroulez-la délicatement autour du rouleau, puis déroulez-la au-dessus du moule. Foncez le moule de cette abaisse, passez le rouleau sur le bord en appuyant légèrement pour découper la pâte et retirez l'excédent. Placez le moule au réfrigérateur et laissez reposer au moins 20 minutes.

Coupez la mozzarella en deux, puis détaillez-la en tranches. Coupez les olives en morceaux et éliminez les noyaux.

Après leur cuisson, sortez les tomates du four et augmentez la température du four à 180 °C (thermostat 6).

Sortez la pâte brisée du réfrigérateur, posez dessus une feuille de papier d'aluminium, garnissez-la de haricots secs et enfournez pendant 20 minutes.

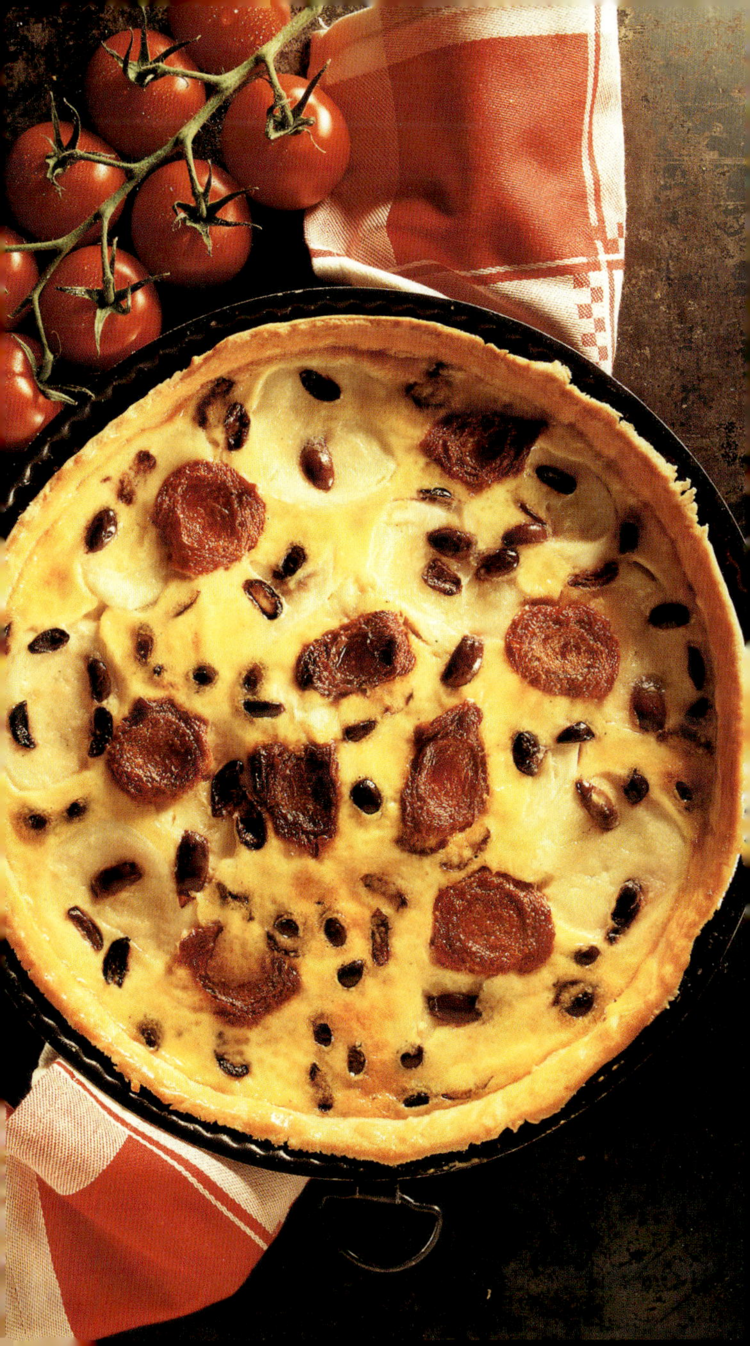

Dans un récipient, battez les œufs au fouet, ajoutez la crème fraîche, assaisonnez de sel, de poivre et de muscade râpée. Mélangez bien.

Lorsque la pâte est cuite, baissez la chaleur du four à 160 °C (thermostat 5). Frottez le fond de tarte avec l'ail. Puis, avec un pinceau, badigeonnez-le d'1/2 cuillerée à café de moutarde. Garnissez-le ensuite des tranches de mozzarella, disposez dessus les morceaux de tomates, côté bombé sur le dessus, et répartissez les morceaux d'olives. Versez le mélange d'œufs et de crème et enfournez.

Après 20 minutes de cuisson, la garniture doit être légèrement tremblotante. Démoulez la tarte, posez-la sur un plat de service et servez-la tiède, de préférence.

Plats principaux

MARC VEYRAT

Tartiflette de Savoie

Pour 4 personnes

6 pommes de terre moyennes • 200 g de reblochon •
15 g de beurre • 1/2 oignon pelé et haché •
1 verre de vin blanc sec • 60 g de petits lardons fumés •
5 cl de bouillon de volaille (ou de légumes) •
50 g de crème fouettée • 60 g de beaufort râpé •
gros sel, sel fin, poivre du moulin

Lavez les pommes de terre puis mettez-les dans une casserole. Recouvrez-les d'eau froide, salez au gros sel et portez à ébullition. Faites-les cuire de 20 à 40 minutes suivant leur grosseur. Vérifiez leur cuisson en les piquant avec la pointe d'un couteau, qui doit s'enfoncer facilement.

Faites fondre le beurre dans une casserole et faites-y suer l'oignon 1 à 2 minutes. Déglacez avec le vin blanc, portez à ébullition et laissez réduire jusqu'à obtenir la valeur d'1 cuillerée à soupe de liquide.

Lorsque les pommes de terre sont cuites, égouttez-les, pelez-les et coupez-les en gros morceaux.

Préchauffez le four à 240 °C (thermostat 8).

Dans un grand saladier, mélangez délicatement les morceaux de pommes de terre, les lardons fumés et la réduction de vin blanc. Versez le tout dans un plat de cuisson.

Retirez la croûte du reblochon et coupez le fromage en morceaux. Faites-les fondre dans un four à micro-ondes ou traditionnel (le reblochon doit être tiède mais pas trop chaud).

Dès que le fromage est fondu, mettez-le dans le bol d'un mixeur et émulsionnez-le en y incorporant le bouillon. Incorporez ensuite la crème fouettée, salez et poivrez. Répartissez ce mélange sur les pommes de terre.

Parsemez de beaufort râpé, en diagonale. Passez au four 8 à 12 minutes jusqu'à ce que la tartiflette soit colorée. Servez bien chaud.

Plats principaux

DANIEL LAGRANGE

Tourte lozérienne aux « herbes »

Pour 4 personnes

100 g de vert de blettes • 100 g d'épinards • 50 g d'oseille • 1 échalote • 200 g de maigre de porc • 100 g de gras de porc • 1 œuf + 1 jaune • 1 cuil. à soupe de vermouth • 200 g de pâte feuilletée • farine • sel fin, poivre du moulin

Lavez, équeutez et essorez le vert de blettes, les épinards et l'oseille. Dans une casserole, portez à ébullition un grand volume d'eau salée, plongez-y successivement le vert de blettes, les épinards et l'oseille pendant 1 minute, juste le temps de les blanchir. Rafraîchissez-les dans un récipient d'eau glacée et égouttez-les dans une passoire. Hachez-les grossièrement avec un couteau, et réservez-les dans un récipient.

Pelez et hachez l'échalote. Hachez le maigre et le gras de porc et, dans un saladier, mélangez-les. Incorporez-les aux « herbes » réservées. Ajoutez l'œuf entier, l'échalote hachée, 10 g de sel fin, un tour de moulin à poivre et le vermouth. Mélangez bien et entreposez le récipient recouvert d'un film alimentaire au réfrigérateur.

Farinez le plan de travail, coupez la pâte feuilletée en deux morceaux, étalez-les et découpez 2 cercles de 25 et 20 cm de diamètre. Piquez le plus petit avec une fourchette et déposez-le à l'envers sur la plaque de cuisson. Sortez la farce du réfrigérateur et placez-la sur la pâte, en laissant un bord libre de 2 à

3 cm. Dans un bol, battez le jaune d'œuf et dorez ce bord au pinceau. Recouvrez le tout du fond de tarte le plus grand, en épousant bien la forme de la farce et en collant les contours. Placez la tourte au réfrigérateur pendant 10 minutes.

Préchauffez le four à 200 °C (thermostat 6-7).

Sortez la tourte, découpez un trou au centre et glissez-y une petite cheminée faite avec un morceau de papier d'aluminium. Dorez la tourte avec le restant de jaune d'œuf et enfournez-la.

Après 45 minutes de cuisson, sortez la tourte du four, retirez la cheminée et servez avec une salade de pissenlits.

Astuces :

- Pour bien essorer les « herbes », n'hésitez pas à former des boules avec vos mains et à bien les presser.
- Pour qu'une farce ait du goût, il est préférable de la préparer la veille et de la conserver au moins une nuit au réfrigérateur ; l'osmose entre tous les ingrédients aura le temps de bien se faire.
- Vous pouvez remplacer le porc par du canard et l'oseille par de l'ortie.

Garnitures
et accompagnements

Aligot, 168

Boulettes de pommes de terre au jambon, 169

Chiffonnade de chou vert aux noix, 170

Courgettes à la brousse de brebis, 172

Escaoutoun des Landes lié au mascarpone et aux pleurotes en persillade, jus de rôti de veau et croustilles de lard, 174

Fars de sarrasin, 176

Garniture de semoule de blé, 177

Gâteau de potiron, 179

Gnocchis de pommes de terre au fromage blanc, 180

Gratin de chaource aux belles de fontenay, 181

Gratin de chou-rave et de topinambours, 183

Gratin de macaronis, 184

Purée de brocoli et chou-fleur, 185

Garnitures, accompagnements

YANNICK ALLÉNO

Aligot

Pour 4 personnes

500 g de pommes de terre à chair ferme (ratte, par exemple) • 300 g de tomme fraîche de Laguiole • 40 cl de crème fraîche liquide • noix de muscade • 2 gousses d'ail • 80 g de beurre froid • gros sel

Lavez les pommes de terre non pelées, puis mettez-les dans une casserole et recouvrez-les d'eau froide : elles doivent être bien immergées. Salez l'eau au gros sel et faites cuire à frémissements.
Coupez la tomme fraîche en dés de 5 mm.
Lorsque les pommes de terre sont cuites, égouttez-les, pelez-les, puis passez-les au moulin à légumes.
Faites chauffer la crème fraîche. Lorsqu'elle est bien chaude, incorporez-y 2 ou 3 râpures de noix de muscade.
Pelez et hachez finement les gousses d'ail.
Mettez la purée de pommes de terre dans un récipient placé dans un bain-marie frémissant, travaillez-la avec une spatule en bois. Incorporez-y successivement le beurre coupé en petits morceaux, la moitié de la crème fraîche chaude, l'ail haché, la moitié des dés de tomme, puis 10 cl de crème fraîche chaude, le restant de dés de fromage et, pour terminer, le restant de crème chaude. Rectifiez l'assaisonnement si nécessaire. Servez aussitôt.
Servez cet aligot avec un poulet rôti, un rôti de porc, une saucisse ou simplement une salade.

Garnitures, accompagnements

Pascal Chaupitre

Boulettes de pommes de terre au jambon

Pour 4 personnes

4 pommes de terre (BF15) • 1 tranche de jambon cru épaisse de 1 cm • 25 g de beurre • 1 cuil. à soupe de persil plat concassé • huile d'arachide • 40 g de fécule de pomme de terre (ou de Maïzena) • 1 œuf • gros sel

Pelez les pommes de terre, lavez-les, mettez-en 3 dans une casserole, couvrez-les d'eau froide, salez au gros sel, portez à ébullition et faites cuire 25 minutes environ. La cuisson terminée, égouttez-les et passez-les au moulin à légumes (grille fine).

Râpez finement la dernière pomme de terre, placez-la dans un linge et pressez-la bien pour en extraire l'amidon.

Mettez la pulpe des pommes de terre dans une casserole, desséchez-la sur feu doux en remuant avec une spatule, puis incorporez le beurre. Dès qu'il est bien mélangé, retirez la casserole du feu et ajoutez le persil.

Coupez la tranche de jambon en 12 dés. Façonnez 12 boulettes avec la purée des pommes de terre et glissez 1 dé de jambon dans chacune.

Préchauffez une friture d'huile d'arachide à 180 °C.

Roulez successivement les boulettes dans la fécule de pomme de terre, puis dans l'œuf battu, puis enrobez-les de pomme de terre râpée.

Plongez les boulettes dans l'huile chaude, laissez-les frire jusqu'à ce qu'elles soient blondes et croustillantes, puis égouttez-les sur du papier absorbant.

Servez-les en garniture d'une viande rôtie, un poulet par exemple, ou avec une salade assaisonnée d'huile de noix.

Garnitures, accompagnements

Pierre-Yves Lorgeoux

Chiffonnade de chou vert aux noix

Pour 4 personnes

1 petit chou vert frisé • 40 g de cerneaux de noix • 50 g de jambon d'Auvergne (ou de lardons) • 2 cuil. à soupe d'huile de noix • 20 g de beurre • 2 cuil. à soupe de vinaigre de xérès (ou de vin vieux) • 50 g de crème fraîche liquide • 80 g de cantal râpé • gros sel, sel fin, poivre du moulin

Éliminez les grosses feuilles du pourtour du chou. Coupez-le en quatre. Passez les quartiers sous l'eau en écartant les feuilles afin d'éliminer les saletés, puis égouttez-les. Après en avoir retiré le trognon, émincez les quartiers en fines lanières de 5 mm.

Portez une grande quantité d'eau à ébullition dans une casserole, salez au gros sel et plongez le chou. Dès que l'ébullition reprend, comptez 1 minute de cuisson. Puis, avec une écumoire, retirez le chou et immergez-le dans une grande quantité d'eau bien froide pour le rafraîchir. Égouttez-le et pressez-le.

Sans les peler, hachez grossièrement les cerneaux de noix et coupez en dés le jambon. Dans une cocotte large et pas trop profonde, chauffez l'huile de noix avec le beurre sans laisser colorer. Lorsque le beurre mousse, faites revenir sur feu doux les morceaux de noix, puis les dés de jambon, toujours sans coloration. Enfin, toujours sur feu doux, ajoutez le chou et mélangez-le aux noix et aux dés de jambon. Couvrez et laissez cuire 10 minutes, en remuant de temps en temps.

Déglacez avec le vinaigre et laissez réduire 1 minute pour enlever un peu d'acidité. Versez la crème fraîche, enrobez le chou de crème et laissez chauffer. Ajoutez la moitié du cantal râpé, mélangez et rectifiez l'assaisonnement en sel et poivre.

Juste avant de servir, parsemez du reste de cantal râpé cette chiffonnade qui peut accompagner certains poissons comme le brochet, certaines volailles ou du veau.

Astuce :
- Comme beaucoup de légumes, le chou se conserve mal ; faites-le cuire le plus vite possible après l'avoir acheté. Le chou réduit de plus de la moitié à la cuisson.

Garnitures, accompagnements

GÉRARD GARRIGUES

Courgettes à la brousse de brebis

Pour 4 personnes

500 g de petites courgettes • 200 g de brousse de brebis (ou de caillé de chèvre, ou de fromage blanc) • 2 cuil. à soupe d'huile d'olive • cumin en poudre • noix de muscade • 50 g de lait en poudre • 15 g de beurre • 5 œufs • 1 cuil. à soupe de petites feuilles de sauge • sel fin, poivre du moulin

Lavez les courgettes et coupez-les en rondelles de 2 mm d'épaisseur. Faites chauffer l'huile d'olive dans une poêle. Faites-y sauter et dorer les rondelles de courgettes. Salez, poivrez, parsemez d'1 pincée de cumin en poudre et de noix de muscade. Comptez environ 4 minutes de cuisson.

Mélangez au fouet la brousse de brebis avec le lait en poudre. Incorporez-y les œufs un à un, puis ajoutez les feuilles de sauge coupées en lanières, salez et poivrez.

Préchauffez le four à 150 °C (thermostat 5), en position chaleur tournante de préférence.

Versez les rondelles de courgettes égouttées dans la préparation aux œufs et mélangez. Transvasez dans un plat à gratin beurré. Placez ensuite le plat dans un autre plus grand contenant de l'eau frémissante. (Afin d'éviter les éclaboussures, recouvrez le fond de ce dernier d'une feuille de papier sulfurisé dans laquelle vous aurez fait quelques entailles.) Glissez au four et faites cuire 30 minutes. Servez ces courgettes bien chaudes comme garniture d'un lapereau ou de côtes d'agneau, par exemple.

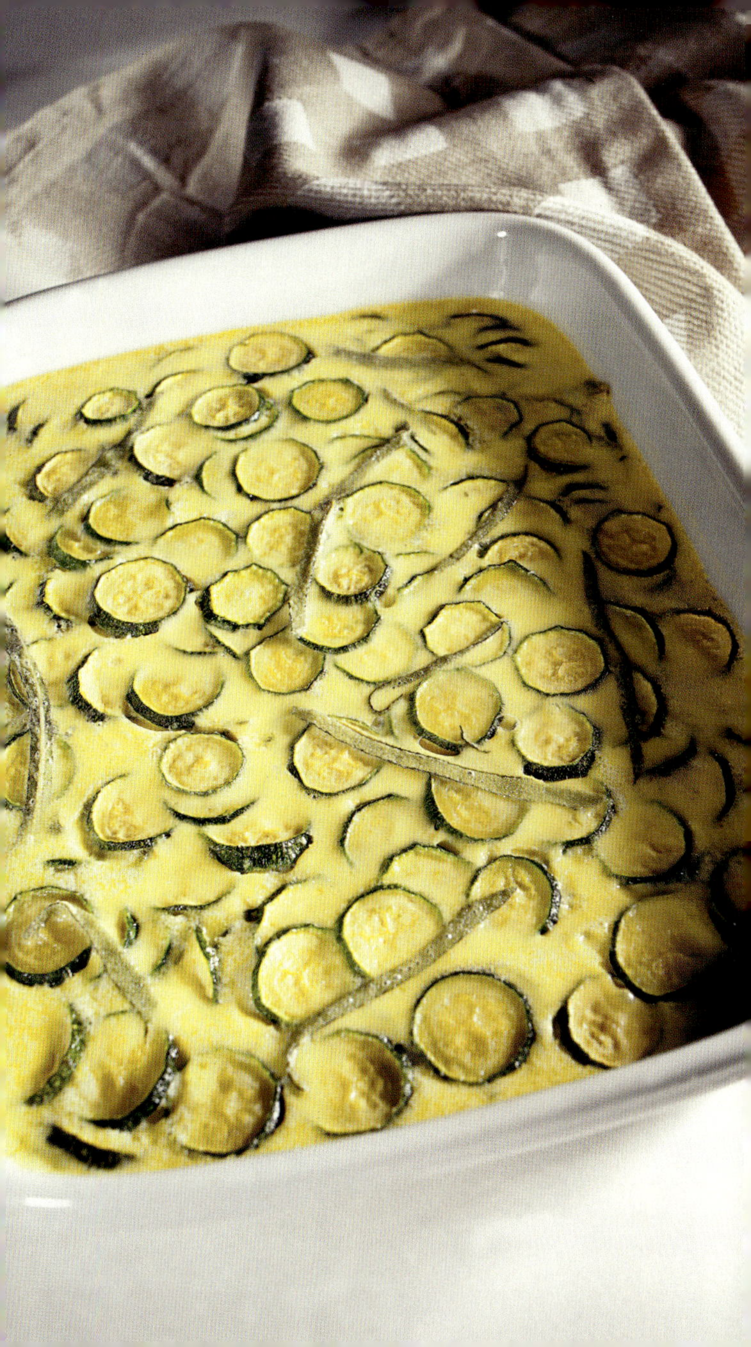

Garnitures, accompagnements

Michel Del Burgo

Escaoutoun des Landes lié au mascarpone et aux pleurotes en persillade,

jus de rôti de veau et croustilles de lard

Pour 4 personnes

50 cl de bouillon de volaille • 125 g de semoule de maïs • 60 g de beurre • 100 g de lardons de poitrine fumée • 150 g de petits pleurotes (ou de cèpes) • 150 g de mascarpone • 50 g de parmesan râpé • 1 gousse d'ail • 1 cuil. à soupe de persil plat • 1 filet de jus de rôti de veau (ou de viande au choix) • huile d'olive • sel fin, poivre du moulin

Dans une cocotte, portez le bouillon de volaille à ébullition, puis, hors du feu, versez en pluie la semoule de maïs en mélangeant sans cesse au fouet pour éviter la formation de grumeaux. Remettez ensuite la cocotte sur feu doux et laissez cuire 10 à 15 minutes en tournant régulièrement avec une spatule. Vérifiez la cuisson en goûtant : les grains ne doivent pas craquer sous la dent mais être fondants. Lorsque la crème de maïs est cuite, posez un couvercle sur la cocotte et réservez sur feu éteint.

Dans une poêle, faites fondre 30 g de beurre. Mettez les lardons et faites-les rissoler jusqu'à ce qu'ils deviennent légèrement croustillants. Retirez-les du feu et égouttez-les dans une petite passoire pour éliminer l'excédent de graisse. Dégraissez la poêle.

Nettoyez les pleurotes : brossez-les avec un pinceau ou grattez-les délicatement avec un petit couteau, mais évitez de les tremper dans l'eau. S'ils sont très sales, passez-les sous l'eau très rapidement et essuyez-les aussitôt.

Faites fondre le reste de beurre dans la poêle qui a servi à la cuisson des lardons jusqu'à obtention d'une légère coloration noisette. Disposez-y délicatement les pleurotes en évitant de les superposer. Dès qu'ils sont cuits, retirez-les du feu ; attention : ils cuisent vite et doivent rester craquants.

Réchauffez la crème de maïs sur feu doux à découvert et donnez une légère ébullition. Incorporez ensuite le mascarpone et le parmesan râpé. Vérifiez l'assaisonnement et maintenez au chaud à couvert.

Pelez et hachez la gousse d'ail, concassez grossièrement le persil plat. Réchauffez les champignons, salez-les, poivrez-les et ajoutez l'ail haché. Mélangez et laissez cuire 2 minutes maximum. Ajoutez le persil et mélangez.

Versez l'escaoutoun dans un plat creux, posez dessus les pleurotes et arrosez le tout d'un petit filet de jus de rôti de veau. Disposez ensuite les lardons et finissez avec un filet d'huile d'olive.

Servez bien chaud, en garniture d'un poisson ou d'une viande, ou en hors-d'œuvre.

Garnitures, accompagnements

OLIVIER BELLIN

Fars de sarrasin

Pour 4 personnes

500 g de pommes de terre (BF15 ou charlotte) • 100 g d'andouille de Guéméné • 120 g de beurre demi-sel • 1 œuf • 60 g de farine de sarrasin • 1 cuil. à soupe de vinaigre de vin • 3 cuil. à soupe d'huile de noisette • 1 bonne poignée de feuilles de mâche lavées et égouttées • sel fin, poivre du moulin

Pelez et lavez les pommes de terre. Mettez-les dans une casserole, recouvrez-les d'eau froide, salez et faites bouillir 20 à 25 minutes. Égouttez-les et passez-les au moulin à légumes (grille fine).

Coupez l'andouille en petits dés.

Mettez la pulpe des pommes de terre dans une casserole. Sur feu doux, incorporez-y, petit à petit, 100 g de beurre avec une spatule.

Hors du feu, incorporez, toujours à la spatule, l'œuf, puis la farine de sarrasin et les dés d'andouille.

Prélevez 1 cuillerée à soupe de ce mélange et formez-en une boule. Façonnez ainsi 3 petits fars de sarrasin par personne.

Faites fondre le reste de beurre dans une poêle jusqu'à ce qu'il soit mousseux. Placez-y délicatement les fars de sarrasin. Laissez-les colorer 2 à 3 minutes sur chaque face : ils doivent être croustillants à l'extérieur et moelleux à l'intérieur.

Préparez une vinaigrette : mélangez le vinaigre avec 1 pincée de sel et du poivre du moulin, puis versez l'huile de noisette.

Réservez 1 cuillerée à soupe de cette vinaigrette et assaisonnez la mâche avec le reste.

Disposez un petit dôme de feuilles de mâche au centre de chaque assiette, puis autour 3 petits fars de sarrasin, arrosez-les de quelques gouttes de vinaigrette et dégustez aussitôt.

Vous pouvez servir ces petits fars en accompagnement d'une viande, d'une volaille ou d'un poisson.

Garnitures, accompagnements

ALAIN DARROZE

Garniture de semoule de blé

Pour 4 personnes

150 g de semoule de blé moyenne • 60 g de raisins de Corinthe • 1 cuil. à soupe de graisse d'oie (ou de canard) • 60 g de lardons de poitrine fumée • 60 g de pignons • 1,5 litre de bouillon de volaille • 1 courgette • 100 g de potiron • 60 g de pois chiches • huile d'olive • 30 g de beurre • sel fin, poivre du moulin

Faites tremper les pois chiches 8 à 12 heures dans de l'eau fraîche au réfrigérateur.

Lavez les raisins de Corinthe dans de l'eau froide et égouttez-les. Faites fondre la graisse d'oie dans une casserole, mettez les lardons, les pignons et faites-les colorer légèrement. Ajoutez la semoule de blé, les raisins de Corinthe et mélangez pour que la semoule s'imprègne de la graisse. Mouillez avec le bouillon de volaille et grattez le fond de la casserole pour récupérer tous les sucs. Portez à ébullition et laissez cuire à frémissements pendant 10 minutes.

Lavez la courgette et essuyez-la. Pelez le morceau de potiron. Puis, avec une cuiller parisienne, faites des petites boules de courgette et de potiron à peu près de la même grosseur que les pois chiches.

Égouttez les pois chiches. Faites-les cuire dans de l'eau à faible ébullition, en salant uniquement en fin de cuisson pour éviter qu'ils éclatent.

Chauffez dans une poêle un filet d'huile d'olive avec le beurre.

Ajoutez ensuite les boules de courgette et de potiron, roulez-les dans la matière grasse, salez légèrement et poivrez. Laissez cuire sur feu doux environ 3 minutes, sans laisser trop colorer.

Ajoutez les pois chiches, mélangez-les et réchauffez-les.

Mettez les petits légumes et la graisse de cuisson dans la semoule de blé cuite et, avec une fourchette, mélangez le tout délicatement en aérant bien la semoule. Si vous trouvez que la semoule est un peu trop sèche, arrosez d'un petit filet d'huile d'olive juste avant de servir.

Astuces :

- Pour éviter que les lardons ne sautent dans la poêle, mettez-les dans la graisse froide et faites cuire à feu vif.
- Vous pouvez utiliser, pour gagner du temps, des pois chiches en conserve. Dans ce cas, égouttez-les avant de les cuisiner.

Garnitures, accompagnements

JOSY BANDECCHI

Gâteau de potiron

Pour 4 personnes

700 g de chair de potiron • 2 oignons moyens • huile d'arachide • 1 bouquet garni • 200 g d'épinards • 20 feuilles de basilic • 20 feuilles de menthe • 2 cuil. à soupe de persil plat • 8 œufs • 150 g de parmesan râpé • sel fin, poivre du moulin

Pelez les oignons, puis émincez-les finement. Coupez la chair de potiron en dés.

Faites chauffer un filet d'huile d'arachide dans une cocotte. Sur feu doux, faites-y suer les oignons émincés avec le bouquet garni pendant 10 minutes. Faites-y suer les dés de potiron, salez légèrement, laissez cuire 15 minutes environ jusqu'à ce que les dés soient fondus.

Équeutez les épinards, lavez-les et égouttez-les. Blanchissez-les 2 minutes dans une grande quantité d'eau salée portée à ébullition. Rafraîchissez-les ensuite rapidement dans de l'eau glacée et égouttez-les.

Préchauffez le four à 160 °C (thermostat 5), en position chaleur tournante de préférence.

Lorsque les dés de potiron sont cuits, retirez le bouquet garni de la cocotte, ajoutez les épinards et laissez refroidir.

Ciselez finement les feuilles de basilic et de menthe. Concassez grossièrement le persil.

Mélangez avec une spatule les œufs, le basilic, la menthe, le persil. Salez légèrement, poivrez et ajoutez le parmesan râpé.

Versez le tout dans le mélange potiron-épinards, mélangez et rectifiez l'assaisonnement si nécessaire.
Versez dans un plat à gratin, glissez au four et laissez cuire 25 minutes.

Garnitures, accompagnements

ANTOINE WESTERMANN

Gnocchis de pommes de terre au fromage blanc

Pour 4 personnes

6 grosses pommes de terre de 150 g (bintje ou BF15) • 100 g de farine tamisée • 1 œuf entier + 1 jaune • 50 g de fromage blanc à 40 % • noix de muscade • 2 échalotes pelées et finement hachées • 1 cuil. à soupe de ciboulette ciselée • 2 cuil. à soupe de beurre • gros sel, sel fin, poivre du moulin

Préchauffez le four à 180 °C (thermostat 6).
Lavez les pommes de terre sans les peler. Faites un lit de gros sel sur une plaque de cuisson, posez-les pommes de terre et glissez-les au four pendant 1 heure. Lorsqu'elles sont cuites, pelez-les et passez-les au moulin à légumes. Récupérez toute la pulpe et mettez-la dans un saladier.
Avec une spatule, incorporez successivement la farine, l'œuf entier, le jaune, le fromage blanc, 1 râpure de noix de muscade, les échalotes et la ciboulette. Salez, poivrez et mélangez bien.

Dans une grande cocotte, portez une grande quantité d'eau à frémissements puis salez-la. Avec une cuiller à soupe, façonnez une douzaine de quenelles avec la préparation (comptez 3 gnocchis par personne pour une garniture). Plongez-les délicatement dans l'eau frémissante (elles se détachent alors de la cuiller) et laissez-les cuire 10 minutes à frémissements. Retirez les gnocchis de la cocotte avec une écumoire et égouttez-les sur un linge bien propre.

Faites chauffer le beurre dans un poêlon, ajoutez-y délicatement les gnocchis sans les faire se chevaucher et faites-les rissoler et dorer sur chaque face. Ils doivent être croustillants à l'extérieur et moelleux à l'intérieur.

Servez-les en plat unique avec une salade, ou en garniture d'une volaille ou d'une viande rouge en sauce.

Garnitures, accompagnements

Patrick Gauthier

Gratin de chaource aux belles de Fontenay

Pour 4 personnes

1 chaource de 500 g • 6 pommes de terre
(belle de Fontenay) • 20 g de beurre •
1 gousse d'ail • 4 cuil. à soupe de crème fraîche
(épaisse ou liquide) • gros sel, sel fin,
poivre du moulin

Sortez le beurre du réfrigérateur pour le ramollir.

Lavez les pommes de terre non pelées. Mettez-les dans une casserole assez grande, recouvrez-les d'eau froide, ajoutez un peu de gros sel, et comptez environ 30 minutes de cuisson à frémissements.

Pelez la gousse d'ail, fendez-la en deux dans la longueur et dégermez-la. Frottez-en l'intérieur d'un plat à gratin. Avec un pinceau, enduisez généreusement l'intérieur du plat de beurre ramolli.

Préchauffez le four à 240 °C (thermostat 8).

Lorsque les pommes de terre sont cuites, pelez-les encore chaudes et coupez-les en rondelles de 3 mm d'épaisseur. Coupez également le chaource en tranches de 3 mm d'épaisseur.

Tapissez le fond du plat d'une couche de pommes de terre. Montez ensuite le gratin en alternant les couches de pommes de terre et de chaource, en poivrant entre les couches. Recouvrez le tout de la crème fraîche. Faites cuire le gratin 10 à 12 minutes ; il doit être bien chaud à l'intérieur et gratiné sur le dessus.

Servez en accompagnement d'une viande blanche, d'une volaille ou d'un veau rôti par exemple, ou, tout simplement, avec une salade.

Astuce :
- Pour éviter que les pommes de terre cuites collent au couteau lorsque vous les coupez, trempez la lame dans de l'eau toutes les 2 ou 3 rondelles.

Garnitures, accompagnements

MARC VEYRAT

Gratin de chou-rave et de topinambours

Pour 4 personnes

400 g de topinambours pelés • 400 g de chou-rave pelé • 1/2 citron • 45 g de beurre • 30 g de farine • 50 cl de lait froid • noix de muscade • 1 jaune d'œuf • 1 cube de bouillon de volaille • 40 g de parmesan râpé • gros sel, sel fin, poivre du moulin

Coupez les topinambours et le chou-rave en tranches de 5 mm.

Portez une grande quantité d'eau à ébullition. Salez au gros sel et plongez-y le chou-rave et les topinambours. Ajoutez le jus de citron et faites cuire pendant 20 minutes. Égouttez et laissez tiédir.

Faites fondre 30 g de beurre dans une casserole avec un fouet. Incorporez énergiquement la farine au beurre fondu. Laissez cuire ce roux à petit feu 3 à 4 minutes sans le laisser colorer.

Incorporez ensuite le lait, toujours en fouettant. Salez, poivrez et ajoutez une râpure de noix de muscade. Laissez cuire cette béchamel 3 minutes sans cesser de fouetter ; elle doit être lisse et très onctueuse.

Hors du feu, incorporez le jaune d'œuf puis le cube de bouillon de volaille émietté à la béchamel. Mélangez bien.

Préchauffez le four à 220 °C (thermostat 7).

Beurrez grassement un plat à gratin avec un pinceau. Disposez-y les tranches de topinambours et de chou-rave en conservant 4 tranches de topinambour et 4 morceaux de chou-rave pour la décoration.

Versez la béchamel dessus et disposez au centre du plat les tranches restantes de légumes en les intercalant. Parsemez le parmesan râpé tout autour.

Glissez le plat au four et laissez cuire 15 minutes.

Servez en garniture d'une viande rouge ou blanche.

Garnitures, accompagnements

LAURENT THOMAS

Gratin de macaronis

Pour 4 personnes

250 g de macaronis (ou de penne) • 125 g de beurre • 10 cuil. à soupe de pluches de persil plat • 150 g de fromage blanc de chèvre • 200 g de comté râpé • 3 œufs • 1 litre de crème fraîche liquide • 25 g de gros sel • sel fin, poivre du moulin

Faites chauffer le beurre dans un poêlon jusqu'à ce qu'il prenne une teinte noisette. Faites-y frire les pluches de persil 30 secondes sur feu doux, en mélangeant bien avec une spatule.

Retirez le poêlon de la plaque de cuisson.

Mettez le fromage blanc dans le poêlon, écrasez-le à la fourchette en le mélangeant bien au persil. Remettez le poêlon sur le feu et faites chauffer à feu doux. Faites-y fondre le comté râpé et mélangez. Retirez à nouveau le poêlon de la plaque de cuisson.

Hors du feu, incorporez successivement les œufs et la crème fraîche ; salez et poivrez.

Portez 2,5 litres d'eau à ébullition dans une casserole, ajoutez le gros sel (comptez 1 litre d'eau et 10 g de gros sel pour 100 g de pâtes). Plongez-y les macaronis (coupez-les en tubes de 5 à 6 cm de long avant de les cuire s'ils sont frais, ou après la cuisson s'ils sont secs) et faites-les cuire 7 minutes environ en remuant régulièrement. Ils doivent être al dente. La cuisson terminée, prélevez-les avec une écumoire, rafraîchissez-les sous l'eau froide et égouttez-les.

Préchauffez le four à 180 °C (thermostat 6).

Beurrez un plat à gratin, répartissez-y les pâtes, versez dessus le mélange fromage-persil, remuez pour bien en enrober les pâtes.

Glissez le plat dans le four et faites cuire 40 minutes.

Dégustez ce gratin avec un rôti de veau, de porc, de bœuf ou avec une volaille, ou encore en plat principal avec une salade.

Garnitures, accompagnements

GUY SAVOY

Purée de brocoli et chou-fleur

Pour 4 personnes

700 g de sommités lavées de brocoli • les sommités lavées de 1/2 chou-fleur • 15 cl de crème fraîche épaisse • 40 g de beurre • 5 brins de ciboulette très fins • gros sel, sel fin, poivre du moulin

Portez un grand volume d'eau à ébullition (environ 5 litres) et salez (environ 10 g de sel par litre d'eau). À l'ébullition, plongez-y les sommités de brocoli et laissez-les cuire à feu vif 4 à 5 minutes. Rafraîchissez-les sous l'eau froide puis égouttez-les. Faites de même avec le chou-fleur, dans une nouvelle eau, en laissant cuire seulement 2 minutes (il doit être al dente).

Lorsque le brocoli est bien froid, mixez-le afin d'obtenir une purée très fine et bien lisse.

Faites bouillir la crème fraîche dans une casserole en remuant avec un fouet. À la première ébullition, retirez du feu.

Faites chauffer 20 g de beurre dans un poêlon jusqu'à ce qu'il devienne couleur noisette. Ajoutez-y la purée de brocoli et mélangez au fouet. Laissez chauffer jusqu'à ébullition. Incorporez-y petit à petit la crème fraîche bien chaude ; la purée doit être onctueuse. Salez, poivrez et réservez sur feu éteint.

Faites chauffer le reste du beurre dans une autre poêle. Déposez-y les sommités de chou-fleur et faites-les rouler pendant 1 minute dans le beurre, le temps de les rendre brillantes et de les réchauffer.

Dressez la purée de brocoli sur un plat de service, répartissez dessus les sommités de chou-fleur, parsemez de ciboulette et servez.

Présentation
des
chefs

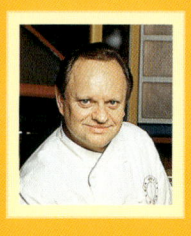

Jean Albrecht

Au Vieux Couvent
6, rue des Chanoines
67860 Rhinau
Tél. : 03 88 74 61 15

Jean Albrecht, chef alsacien venu du petit village de Rhinau dans le Bas-Rhin, a hérité de son père la passion des herbes sauvages, et de sa femme italienne un goût pour les spécialités transalpines. C'est en appliquant cette double influence, ajoutée à son goût pour les plats du terroir, qu'il a obtenu une étoile au *Guide Michelin* dans son auberge. Il est aujourd'hui entouré de ses fils, Alexis et Cyril, qui poursuivent avec lui cette quête du bon goût et des compositions de l'instant.

Yannick Alléno

Le Meurice
Hôtel Meurice
228, rue de Rivoli
75001 Paris
Tél. : 01 44 58 10 10

Après avoir fait revivre la table des Muses à l'hôtel Scribe, Yannick Alléno a pris la tête des cuisines de l'hôtel Meurice à Paris, où il a reçu deux étoiles au *Guide Michelin*.
Il a gardé de son enfance, passée entre la Lozère et l'Aveyron, la recherche des saveurs naturelles découvertes à la campagne. Curieux et perfectionniste, Yannick cherche toujours à aller plus loin en participant et en gagnant les plus prestigieux concours de cuisine : Auguste Escoffier, Toques Blanches, le Championnat de France de Cuisine artistique et le Bocuse d'Argent en 1999.

Frédéric Anton

Le Pré Catelan
Bois de Boulogne
Route de Suresnes
75016 Paris
Tél. : 01 44 14 41 14

Originaire de Contrexéville, Frédéric Anton a appris son métier en travaillant auprès de grands chefs ; après avoir cuisiné pendant sept ans aux côtés de Joël Robuchon, il est depuis 1997 le chef du Pré Catelan, un pavillon de la Belle Époque, merveilleusement situé dans le bois de Boulogne. C'est un cuisinier remarquable et remarqué, puisqu'en 1999, il a reçu la deuxième étoile au *Guide Michelin*, et que, en 2000, il a été consacré « Grand de demain » par Gault-et-Millau et surtout Meilleur Ouvrier de France.

Ghislaine Arabian

Ghislaine Arabian est une chef flamande de charme. Autodidacte en cuisine, Ghislaine a obtenu dans son premier restaurant à Lille, en 1983, deux étoiles au *Guide Michelin*. Quelques années plus tard, elle fit briller à Paris le célèbre restaurant Ledoyen, avec également deux étoiles. Puis elle s'est installée, toujours à Paris, dans un restaurant qui portait son nom.

Josy Bandecchi

Josy-Jo
4, place Planastel
06800 Cagnes-sur-Mer
Tél. : 04 93 20 68 76

Josy Bandecchi est une amoureuse de la cuisine. Elle a créé, il y a une trentaine d'années, un restaurant pas comme les autres, sur les Hauts de Cagnes-sur-Mer. Les passionnés de la cuisine provençale sont tombés et restent sous le charme des plats mijotés par Josy, dans la parfaite simplicité et la pure authenticité. Généreuse et sincère, la cuisine de Josy brille par une étoile au *Guide Michelin*.

Pascal Barbot

L'Astrance
4, rue Beethoven
75016 Paris
Tél. : 01 40 50 84 40

Pascal Barbot, l'un des chefs les plus talentueux de la jeune génération des cuisiniers, est installé à Paris à L'Astrance, où il a obtenu presque immédiatement sa première étoile au *Guide Michelin*. Après cinq années déterminantes auprès d'Alain Passard à L'Arpège, puis une parenthèse en Australie, il est revenu en France et s'est associé avec Christophe Rochat pour créer L'Astrance, où il réalise une cuisine créative, tout en finesse et en justesse.

Olivier Bellin

Auberge des Glaziks
7, rue de la Plage
29550 Plomodiern
Tél. : 02 98 81 52 32

Après l'École hôtelière, et un petit tour de France entre la Bretagne, le Sud-Ouest et Paris, ce jeune chef breton prend la succession de sa mère aux fourneaux de l'auberge familiale créée par sa grand-mère. Il a toujours entretenu le goût du bon produit, issu de la terre ou de la mer. Il aime les marier, dans sa cuisine inventive et toute personnelle, qui lui a valu d'être couronné « Meilleur jeune chef breton » et « Grand espoir de Bretagne ».

Philippe Braun

L'Atelier de Joël Robuchon
5-7, rue de Montalembert
75007 Paris
Tél. : 01 42 22 56 56

Philippe Braun est directeur, chef de cuisine à L'Atelier de Joël Robuchon à Paris. Il a été précédemment chef au Laurent, dans les jardins des Champs-Élysées. Il y est arrivé en 1991, après être passé de l'École hôtelière de Nice au Nikko de Mexico (de 1987 à 1991), en passant par La Rôtisserie de Chambertin, Le Connaught à Londres, Jamin à Paris et, bien sûr, Le Crocodile à Strasbourg chez son oncle Émile Jung. Sa cuisine, d'inspiration bourgeoise, repose sur une tradition qu'il affine avec fraîcheur et légèreté.

Jean-Pierre Caule

Au Bon Coin du Lac
34, avenue du Lac
40200 Mimizan
Tél. : 05 58 09 01 55

Jean-Pierre Caule est un vrai Landais, originaire de Mimizan, charmant village situé au cœur des Landes, à quelques kilomètres de l'Océan. Dès son plus jeune âge, il a appris à cuisiner dans l'auberge familiale, Au Bon Coin du Lac, créée par son grand-père et qu'il dirige aujourd'hui. Nommé à 19 ans « Meilleur apprenti cuisinier de France », il a su donner un nouvel élan à la cuisine de l'Auberge et en faire une étape gastronomique distinguée par une étoile au *Guide Michelin*. Il travaille avec passion et originalité les produits de sa région, ceux de la mer comme ceux de la terre.

Jean-André Charial

L'Oustau de Baumanière
Le Val d'Enfer
13520 Les Baux-de-Provence
Tél. : 04 90 54 33 07

Jean-André Charial est le chef de L'Oustau de Baumanière, l'une des meilleures tables de Provence, située au pied des Alpilles, dans la merveilleuse vallée des Baux. Diplômé d'HEC, Jean-André est arrivé à la cuisine pour prendre la succession de son grand-père, Raymond Thuilier, qui a fondé cette institution renommée dans le monde entier et aujourd'hui distinguée par deux étoiles au *Guide Michelin*.

Pascal Chaupitre
◦◦◦
La Maison de Célestin
20, avenue Pierre-Sémard
18100 Vierzon
Tél. : 02 48 83 01 63

Pascal Chaupitre est installé au restaurant La Maison de Célestin, à Vierzon. Fidèle à ses origines solognotes, Pascal a tout d'abord obtenu un BTH de cuisinier à l'École hôtelière de Blois, avant de démarrer sa carrière au Domaine des Hauts de Loire, à Onzain, puis à Bracieux, aux côtés de Bernard Robin. Après avoir parfait son expérience chez Bernard Loiseau, il est devenu directeur et chef de cuisine à L'Hôtel de Paris à Moulins, avant de revenir au pays où il a créé le restaurant qu'il dirige aujourd'hui.

Jean Coussau
◦◦◦
Relais de la Poste
26, avenue de Maremne
40140 Magescq
Tél. : 05 58 47 70 25

Jean Coussau est un pur Landais, qui règne tel un maestro sur le piano de l'auberge familiale, couronnée par deux étoiles au *Guide Michelin*. Dans cet ancien relais de poste, situé en plein cœur du petit village de Magescq, sous les pins et à deux pas de l'Océan, Jean réalise une cuisine inspirée du terroir, délicate et généreuse. Avec la complicité de son frère Jacques, qui veille sur la cave et sur la salle, il nous invite à partager une vraie fête gourmande telle qu'on la vit dans le Sud-Ouest.

Christophe Cussac
◦◦◦
Hotel Métropole
4, avenue de la Madone
98007 Monaco
Tél. : 377 93 15 15 15

Christophe Cussac a fait ses débuts à mes côtés et, pendant plus de sept ans, il a été l'un de mes meilleurs cuisiniers. Puis il a pris la direction, pendant dix ans, du restaurant familial, L'Abbaye Saint-Michel, à Tonnerre, où il a obtenu deux étoiles au *Guide Michelin*. Il a ensuite été le chef du prestigieux restaurant La Réserve de Beaulieu, sur la Côte d'Azur. En 2004, il est parti diriger les cuisines du nouveau restaurant de l'hôtel Métropole, où il démontre une fois de plus son immense talent.

Alain Darroze
ఴ

**Auberge
de la Fontaine**
Place de l'Église
64390 Laàs
Tél. : 05 59 38 59 33

Darroze est un nom qui sonne bien le Sud-Ouest, mais aussi la cuisine de cette région… En effet, chez Alain Darroze, on est cuisinier de père en fils depuis quatre générations et, si l'on inclut les cousins, ils sont treize Darroze à avoir exercé cette profession simultanément. Après plusieurs années de service auprès de grands chefs, c'est à l'Élysée comme cuisinier du président qu'Alain Darroze a enchanté les invités de François Mitterrand en 1990-1991. Et maintenant, c'est dans son Auberge de la Fontaine, située dans le petit village béarnais de Laàs, qui ne compte que 130 habitants, qu'il cuisine avec amour et talent.

Fervent défenseur de la cuisine du terroir, il encourage la réhabilitation des bons produits de sa région par sa cuisine, mais aussi par la création d'associations, comme « La Garburade d'Oléron-Sainte-Marie », « Les Producteurs de haricots-maïs » ou « SOS Racine ».

Hélène Darroze
ఴ

Hélène Darroze
4, rue d'Assas
75006 Paris
Tél. : 01 42 22 00 11

Hélène Darroze est l'une des plus charmantes de nos jeunes femmes chefs. Abandonnant ses très chères Landes, où elle a débuté aux côtés de son père, Hélène est venue s'installer à Paris, en s'exposant à un courageux challenge. Pari gagné, dans son élégant restaurant parisien auréolé de deux étoiles au *Guide Michelin*, où elle magnifie les bons produits du terroir landais dans un registre moderne et personnel.

Jean-Marc Delacourt

**Château
de la Chèvre d'Or**
Rue de Barri
06360 Èze-Village
Tél. : 04 92 10 66 66

Jean-Marc Delacourt est le chef du restaurant de La Chèvre d'Or, perché à Èze-Village, sur la Côte d'Azur. Jean-Marc a donné une nouvelle vitalité à ce restaurant, couronné par deux étoiles au *Guide Michelin*, en en faisant l'une des meilleures tables de la Riviera. Après ses passages dans les grandes cuisines à Paris, du Crillon, du Ritz, chez Ledoyen, puis au domaine de Divonne, il trouve à Èze sa juste mesure en faisant chanter sa cuisine à travers les meilleurs produits relevés de touches provençales.

Michel Del Burgo

Après avoir travaillé aux côtés de grands chefs comme Paulette Castaing au Beau Rivage et Michel Guérard aux Prés d'Eugénie, Michel Del Burgo a fait ses preuves comme chef au restaurant du bel Hôtel de la Cité à Carcassonne, La Barbacane, puis au Bristol et chez Taillevent à Paris. Il est devenu ensuite chef des cuisines du Negresco, à Nice, classé deux étoiles au *Guide Michelin*, et s'est depuis expatrié à Moscou.

Françoise Dépée

Dominique
19, rue Bréa
75006 Paris
Tél. : 01 43 27 08 80

Françoise Dépée a suivi un parcours professionnel très original : avant d'arriver aux fourneaux avec deux CAP de cuisine et de pâtisserie en main, elle a été diplômée en droit, styliste de mode et mannequin. Chez ses beaux-parents, elle a démarré en cuisine à L'Auberge des Templiers, aux Bézards. Par passion, elle a repris en 1994 le célèbre restaurant russe Dominique, à Paris. Elle y réalise une cuisine très personnelle d'inspiration géorgienne, qu'elle puise dans ses origines slaves et dans les saveurs de la Grande Russie.

Alain Dutournier

Carré des Feuillants
14, rue de Castiglione
75001 Paris
Tél. : 01 42 86 82 82

Alain Dutournier est un authentique Gascon qui règne sur le Carré des Feuillants, à Paris, en faisant rouler l'accent du Sud-Ouest à côté de la place Vendôme. Doublement étoilé par le *Guide Michelin*, Alain réinvente jour après jour la cuisine de son terroir avec les meilleurs produits, qu'il réunit dans de subtils mariages associant légèreté, simplicité, sagesse et justesse. Chaque plat est le clin d'œil d'un passionné gourmand qui aime faire partager son amour du « bien-manger », sans oublier les vins qu'il choisit avec tout autant de passion.

Philippe Etchebest

Hostellerie de Plaisance
Place du Clocher
33330 Saint-Émilion
Tél. : 05 57 77 12 15

Philippe Etchebest, Basque, dirige la cuisine de l'Hostellerie de Plaisance à Saint-Émilion, qui a reçu deux étoiles au *Guide Michelin* en 2004. Né à Soissons, de mère ardennaise, Philippe aime faire bouger les choses, et sa cuisine inventive le prouve à chaque bouchée. C'est auprès de son père, qui tient Le Chipiron à Bordeaux, qu'il a découvert les vraies saveurs et appris les valeurs du travail. Après l'École hôtelière de Talence, des expériences auprès de Jean Bardet à Tours, Jean-Marie Meulien à Paris, Dominique Toulousy à Toulouse, il est devenu chef au Grand Barrail à Saint-Émilion et au Château des Reynats. Poussé par son goût des défis, il a passé brillamment le concours du Meilleur Ouvrier de France en 2000.

Sonia Ezgulian

L'Oxalis
23, rue de l'Arbre-Sec
69001 Lyon
Tél. : 04 72 07 95 94

Sonia Ezgulian est née à Lyon. Venue à Paris pour faire un stage à *Paris-Match*, elle s'est retrouvée pendant dix ans à traiter des sujets pratiques, de société et d'art de vivre. C'est au cours de ses reportages qu'elle a découvert sa passion pour la cuisine. Revenue à Lyon, elle a suivi un stage à La Villa Florentine, où elle a occupé tous les postes de cuisine, du commis au chef de partie. Puis elle a ouvert L'Oxalis dans le vieux Lyon, où elle réalise des plats parfumés, légers, inspirés et colorés en souvenir de ses origines arméniennes.

Pascal Fayet

Sormani
4, rue du Général-Lanrezac
75017 Paris
Tél. : 01 43 80 13 91

Pascal Fayet est le chef du Sormani, restaurant italien à Paris. Bien que son nom ne sonne pas italien, Pascal a le cœur transalpin grâce à sa grand-mère florentine, Luisa Sormani, qui lui a donné le goût de cette cuisine spontanée et ensoleillée, et qui lui a aussi transmis l'amour de la « pasta ». Plus tard, sa mère Louisette, dans son Café de la Gare, en Seine-et-Marne, lui a montré le chemin de la cuisine, puis Paul Chêne lui a donné sa chance en l'installant aux fourneaux. Pascal a créé son restaurant en 1985 et a obtenu deux années plus tard une étoile au *Guide Michelin*.

Roland Garreau

Hôtel de France
Place de la Libération
32000 Auch
Tél. : 05 62 61 71 71

Roland Garreau dirige le célèbre Hôtel de France à Auch. Il a repris de main de maître cette véritable institution gastronomique du Sud-Ouest, en baptisant très justement son restaurant : Le Jardin des Saveurs. Roland s'est pris de passion pour ce terroir qui marie gourmandise et convivialité. Tout un programme pour ce Meilleur Ouvrier de France, qui a désormais le cœur gascon et qui ne se lasse pas de découvrir, de cuisiner et de faire partager tous les trésors culinaires qu'offre cette belle région.

Gérard Garrigues

Le Pastel
237, route de Saint-Simon
31100 Toulouse
Tél. : 05 62 87 84 30

Gérard Garrigues est un chef de caractère, qui a créé son restaurant, Le Pastel, dans les faubourgs de Toulouse, distingué depuis par une étoile au *Guide Michelin*. Gérard a découvert le plaisir de la cuisine dans son village natal, à la frontière du Rouergue, où ses parents réunissaient de grandes tablées autour de plats généreux. Après l'École hôtelière et un tour de France, il est resté une dizaine d'années à Paris, au côté d'Alain Dutournier, avant de revenir dans sa région.

Patrick Gauthier
ඏ
La Madeleine
1, rue Alsace-Lorraine
89100 Sens
Tél. : 03 86 65 09 31

Son métier, Patrick Gauthier le doit en grande partie à sa grand-mère, Thérèse Babillon. Après un apprentissage dans les grandes maisons à Paris, comme Lamazère, La Tour d'Argent et La Marée, il a ouvert son propre restaurant, La Madeleine, à Sens, dont il est le chef (deux étoiles au *Guide Michelin*). Il est très soucieux d'offrir à ses convives une cuisine soignée alliant le classique au goût du jour.

André Gaüzère
ඏ
Campagne et Gourmandise
52, avenue Alan-Seeger
64200 Biarritz
Tél. : 05 59 41 10 11

André Gaüzère, d'origine landaise, est installé à Biarritz dans une ancienne ferme avec vue sur les Pyrénées. André a multiplié les expériences et peaufiné son savoir culinaire entre Megève, Arcachon, Bordeaux et Paris, notamment chez Bofinger et au Crillon. En 1981, Louison Bobet l'a appelé pour ouvrir Le Miramar à Biarritz. Il y a créé une cuisine allégée toute nouvelle à l'époque, rapidement couronnée par une étoile au *Guide Michelin*. C'est en 1996 qu'il a ouvert son restaurant, où il propose des plats qui chantent les produits de la région.

Anne-Marie
de Gennes
ඏ
Le Boudin Sauvage
6, rue de Versailles
91400 Orsay
Tél. : 01 69 86 19 48

Anne-Marie de Gennes, l'épouse du célèbre prix Nobel, est une femme chef extraordinaire, car elle a eu cette idée courageuse et originale de transformer sa maison de famille, à Orsay, en une « maison de cuisine » qu'elle a baptisée Le Boudin

Sauvage. Depuis une vingtaine d'années, elle réalise, dans une atmosphère familiale et conviviale, des plats dignes d'un grand chef. Autodidacte et passionnée, Anne-Marie cuisine dans un esprit très personnel inspiré de ses voyages autour du monde.

Patricia Gomez

Auberge Saint-Paul
7, place de l'Église
66500 Villefranche-de-Conflent
Tél. : 04 68 96 30 95

Patricia Gomez est une autodidacte qui a découvert la profession de cuisinier en 1973 lors de son mariage avec Charles Gomez, fils des anciens propriétaires de l'Auberge Saint-Paul, située dans la cité fortifiée de Villefranche-de-Conflent. C'est aux côtés de sa belle-mère qu'elle s'est initiée à la cuisine. En 1990, Patricia et Charles ont décidé de changer de cap et, d'une cuisine bourgeoise, de s'orienter vers la gastronomie. Leur ténacité est récompensée puisque la carte de l'Auberge Saint-Paul attire de nombreux clients fidèles.

Gilles Goujon

Auberge du Vieux Puits
Avenue de Ripaud
11360 Fontjoncouse
Tél. : 04 68 44 07 37

Gilles Goujon est un homme heureux. Jeune chef Meilleur Ouvrier de France, Gilles vient de Fontjoncouse, petit village des Corbières, où il tient la charmante Auberge du Vieux Puits, couronnée de deux étoiles au *Guide Michelin*. Gilles règne sur cette table en totale harmonie avec cette région des Corbières qu'il a totalement adoptée.

Émile Jung

Au Crocodile
10, rue de l'Outre-France
67000 Strasbourg
Tél. : 03 88 32 13 02

Émile Jung est l'une des grandes personnalités de la cuisine française. Ce pur Alsacien s'est établi dans les années 1970 au célèbre Crocodile, à Strasbourg, à l'ombre de la cathédrale. Il a obtenu deux étoiles au *Guide Michelin*, et s'inscrit dans un style de cuisine authentique, teinté de touches régionales.

Pierre Koenig

Le Matafan
Hôtel Mont-Blanc
62, allée du Majestic
74400 Chamonix
Mont-Blanc
Tél. : 04 50 53 05 64

Pierre Koenig est le très jeune chef du Matafan à Chamonix. Né à Haguenau en Alsace, Pierre est, depuis son plus jeune âge, attiré par deux passions : la cuisine et la montagne. Après un apprentissage chez Antoine Westermann, à Strasbourg, il se dirige vers les Alpes, puis le Québec et le Colorado, avant de se retrouver à l'hôtel Mont-Blanc, pour prendre les commandes de la cuisine, en 1999, avec l'envie de réaliser une cuisine très personnelle, teintée d'un léger accent alsacien.

Jean-Paul Lacombe

Léon de Lyon
1, rue Pléney
69001 Lyon
Tél. : 04 72 10 11 12

Jean-Paul Lacombe est l'un des piliers de la gastronomie lyonnaise. Son restaurant est presque centenaire, puisqu'il a été créé en 1904 par le Père Léon. C'est en 1949 que ce restaurant entra dans la famille Lacombe, lorsque le père d'Alain, Paul Lacombe, l'acheta. Depuis, Léon de Lyon est devenu une institution internationale : cette adresse prestigieuse, doublement étoilée par le *Guide Michelin*, est connue dans le monde entier. Jean-Paul Lacombe a hérité de cette belle maison où il est né et où il exécute, depuis 1972, une cuisine raffinée et inventive, d'inspiration régionale.

Daniel Lagrange

Hôtel du Mont-Aigoual
34, quai de la Barrière
48150 Meyrueis
Tél. : 04 66 45 65 61

Daniel Lagrange a beaucoup bourlingué avant d'arriver dans l'hôtel-restaurant du Mont-Aigoual à Meyrueis, pittoresque village cévenol : dès l'âge de 15 ans, ce Poitevin d'origine embarqua sur plusieurs bateaux de la compagnie des Messageries maritimes, où il occupa tous les postes au sein des fameuses « brigades » qui font la renommée gastronomique de ces paquebots de rêve. Après avoir sillonné les mers chaudes du globe, il regagna la terre ferme en 1970. En 1986, il finit par se poser en Lozère pour prendre la direction de l'hôtel-restaurant du Mont-Aigoual, créé par l'arrière-grand-mère de son épouse.

Jean-Marc Le Guennec

La Belle Porte
49, rue du Faubourg-
de-Sommecourt
02370 Vailly-sur-Aisne
Tél. : 03 23 54 67 45

Jean-Marc Le Guennec, Breton originaire du Morbihan, s'est installé à Vailly-sur-Aisne pour réaliser une expérience hors du commun, en aidant des handicapés à travailler en cuisine à ses côtés. Auparavant, Jean-Marc a fait son apprentissage au Sofitel de Quiberon, puis a exercé à Pontchartrain et à l'hôtel Nikko à Paris, avant de faire partie de mon équipe lors de l'ouverture du restaurant Jamin. Ses autres expériences l'ont conduit à l'Abbaye Saint-Michel, sous la direction de Christophe Cussac, au Manoir de Paris, puis au Président à Saint-Quentin, avant de créer La Belle Porte.

Pierre-Yves Lorgeoux

Les Célestins
111, bd des États-Unis
03200 Vichy
Tél. : 04 70 30 82 00

D'origine bretonne, Pierre-Yves Lorgeoux garde un souvenir ému de la cuisine préparée par sa mère, qu'il qualifie volontiers de « cordon-bleu ». Après avoir exercé son métier plusieurs années en Bretagne, puis à Paris, il est depuis mai 1995 chef de l'hôtel des Célestins à Vichy. Et c'est dans les deux restaurants de cet établissement, Les Jardins de l'Empereur et Le Bistrot des Célestins, que Pierre-Yves Lorgeoux aime mettre en valeur les produits du terroir.

Thierry Maffre-Bogé

La Petite France
Le Paradou
55, avenue
de la Vallée-des-Baux
13520 Maussane-
les-Alpilles
Tél. : 04 90 54 41 91

Thierry Maffre-Bogé est le chef du restaurant La Petite France à Maussane-les-Alpilles, couronné par une étoile au *Guide Michelin*. Provençal d'adoption, Thierry s'est orienté très jeune vers la cuisine du Sud. Après l'École hôtelière d'Avignon, il n'a cessé de multiplier ses expériences auprès de grands chefs dans le Midi, tels que Raymond

Thuillier, Jacques Picard et Francis García. Après des stages, chez Roland Mazère et Pierre Gagnaire, il s'est installé au pied des Alpilles. C'est là qu'il réalise la cuisine de son cœur, mettant en scène les meilleurs produits de la région.

Fabrice Maillot
ᖘ

Le Petit Comptoir
17, rue de Mars
51100 Reims
Tél. : 03 26 40 58 58

Fabrice Maillot, un Franc-Comtois né en Suisse, est installé à Reims, au Petit Comptoir. Après l'École hôtelière de Strasbourg, Fabrice a fait ses premières armes à Nancy, puis à Reims et à Courchevel. Il a participé à mes côtés à l'ouverture du restaurant Jamin, à Paris, dans les années 1980, et après une parenthèse en Espagne, il est revenu à Reims. Dans son Petit Comptoir, il aime marier plats « canailles » et plats gastronomiques.

Jean-Yves Massonnet
ᖘ

Les Trois Piliers
37, rue Sadi-Carnot
86000 Poitiers
Tél. : 05 49 55 07 03

Jean-Yves Massonnet est un vrai Poitevin. Il est chef du restaurant Les Trois Piliers, situé en plein centre de Poitiers et distingué par une étoile au *Guide Michelin*. Après le lycée hôtelier de Thonon-les-Bains, Jean-Yves Massonnet est parti dès l'âge de 18 ans en Martinique. Après une halte au Koweit et un retour au pays à Châtellerault, il est reparti vers l'Asie, et ce fut le double coup de foudre au cours d'un séjour à Hong-Kong : pour les saveurs de la cuisine asiatique et pour sa future épouse ! En mars 1988, il est revenu en France, au Vivarois à Paris, aux côtés de Claude Peyrot. Après un septennat auprès de ce grand maître, il s'est installé à Poitiers. Un an après, il a obtenu sa première étoile, grâce à une cuisine puriste où le produit est traité en roi.

Xavier Mathieu

Hostellerie Le Phébus
Route de Murs
84220 Joucas-Gordes
Tél. : 04 90 05 78 83

Xavier Mathieu est un jeune chef d'origine marseillaise qui a créé avec sa famille l'Hostellerie Le Phébus, à Joucas en Provence. Xavier s'est dirigé vers la cuisine grâce à son arrière-grand-mère, cuisinière de métier, qui lui a fait découvrir très tôt les bons plats provençaux. Puis Roger Vergé, au Moulin de Mougins, lui a appris l'amour de la cuisine. Après des stages auprès de Gérard Vié, à mes côtés, à Paris et à l'étranger, Xavier a pris toute sa mesure, pour obtenir en 2001 sa première étoile au *Guide Michelin*. Ce passionné curieux arpente de saison en saison les marchés de Provence, à la recherche des produits du moment qui lui inspirent sa cuisine ensoleillée.

Marc Meneau

L'Espérance
89450 Saint-Père-sous-Vézelay
Tél. : 03 86 33 39 10

Marc Meneau est un chef cuisinier peu ordinaire, une sorte de cascadeur éclairé de la cuisine qui jongle en permanence avec les produits et les saveurs, les mariant souvent avec audace et finesse. C'est un vrai Bourguignon, puisque la famille Meneau vit à Saint-Père-sous-Vézelay depuis cinq siècles. C'est en 1970 qu'il a hérité du café-épicerie du village tenu par sa mère et l'a transformé en un restaurant simple. Puis en 1975, il s'est installé dans une demeure bourgeoise qu'il a baptisée L'Espérance, où il propose une cuisine plus élaborée. Dès 1971, il a obtenu une première étoile au *Guide Michelin*, suivie d'une seconde en 1974.

Christophe Moisand
⟨⟩

Le Céladon
Hôtel Westminster
15, rue Daunou
75002 Paris
Tél. : 01 47 03 40 42

Christophe Moisand est le jeune chef du Céladon à Paris. Dès l'âge de sept ans, Christophe se passionne pour la cuisine, alors que toute sa famille évolue dans la musique classique, et décide de faire l'École hôtelière de Rouen. À dix-huit ans, il arrive au Sofitel de la porte de Sèvres puis rejoint l'hôtel Meurice comme second de cuisine pendant huit ans avant de devenir chef au Céladon en 1999 avec une étoile au *Guide Michelin*. Entre-temps, il gagne plusieurs concours de cuisine prestigieux : Meissonnier, Prosper Montagné, Coq Saint-Honoré.

Jeanne Moréni-Garron
⟨⟩

Les Échevins
44, rue Sainte
13001 Marseille
Tél. : 04 96 11 03 11

Jeanne Moréni-Garron est une femme chef de la célèbre cuisine lyonnaise. Elle exprime la même générosité dans les plats servis dans son restaurant, Les Échevins à Marseille. Autodidacte et passionnée, Jeanne a su marier intimement ses origines du Sud, de l'Ouest et du Sud-Ouest, pour réaliser avec brio une bouillabaisse ou des pieds et paquets légendaires, ou encore un magret au foie gras d'anthologie.

Georges Paineau
⟨⟩

Le Bretagne
13, rue Saint-Michel
56230 Questembert
Tél. : 02 97 26 11 12

Georges Paineau est un Breton d'adoption, doublé d'un artiste complet car il cuisine et peint tout aussi bien. Grâce au plus grand des hasards, Georges le Limousin a débarqué très jeune dans la région nantaise, puis est venu se fixer avec son épouse dans ce petit coin très privilégié du Morbihan. Après un bref détour chez Point à Vienne et à La Duchesse Anne à Nantes, il arrive dans les années 1960 à Questembert, où il décroche une étoile au *Guide Michelin* en 1972, puis une seconde en 1976. Très fier de cette reconnaissance, Georges Paineau ne l'est pas moins de son Coq Rouge Kléber obtenu en 1973, en même temps que Paul Bocuse.

Alain Passard

L'Arpège
84, rue de Varenne
75007 Paris
Tél. : 01 45 51 47 33

Alain Passard est un très talentueux chef d'origine bretonne.

C'est aux côtés de sa grand-mère, Louise, et du pâtissier de son village qu'il a découvert les plaisirs de la cuisine. Après une solide formation aux côtés de grands chefs, il est devenu, en 1982, le plus jeune chef avec deux étoiles au *Guide Michelin*. Il est alors âgé de vingt-six ans. En 1986, il a ouvert le restaurant L'Arpège, où trônent le portrait de sa grand-mère, mais aussi une œuvre du sculpteur Arman représentant un violoncelle. En 1996, il a obtenu la consécration avec une troisième étoile au *Guide Michelin*. Plus qu'un grand chef, Alain Passard est aussi un artiste !

Marc de Passorio

Marc de Passorio est un chef original, passionné par la cuisine dès son plus jeune âge.
Né au Cameroun, il a suivi ses parents pour aller étudier au lycée hôtelier de l'île de la Réunion. Après quelques expériences outre-mer, il a exercé à Nice, à Toulouse, puis en Val de Loire, au Château de Marçay. Sa cuisine inventive associe ses souvenirs, hérités de sa grand-mère ou découverts au cours de ses voyages. Il s'est depuis peu installé à Moscou.

Hervé Paulus

Hostellerie Paulus
4, place de la Paix
68440 Landser
Tél. : 03 89 81 33 30

Hervé Paulus, d'origine lorraine, est installé depuis quelques années à Landser, un petit village au sud de l'Alsace. Il a commencé sa formation à Colmar, puis au Fer Rouge aux côtés de Patrick Fulgraff avant de prendre les commandes de L'Ancienne Forge d'Hagenthal, alors qu'il n'avait que vingt-deux ans. Il a obtenu une étoile au *Guide Michelin*, qu'il a conservée à Landser, dans son hostellerie, où il réalise une cuisine très terroir.

Christophe Pétra
✆

Le Sud
Quartier d'Aiguebelle
Avenue des Trois-Dauphins
83980 Le Lavandou
Tél. : 04 94 05 76 98

Christophe Pétra n'est pas arrivé à la cuisine par hasard, puisque dans sa famille, on est restaurateur au Lavandou depuis quatre générations. Après des débuts à l'École hôtelière de Hyères, suivis par des étapes de formation auprès de Roger Vergé, de Jacques Chibois, de Louis Outhier et de Paul Bocuse, il a créé en 1997, à vingt-six ans, son restaurant Le Sud, obtenant quatre ans après sa première étoile au *Guide Michelin*.

Anne-Sophie Pic
✆

Restaurant Pic
285, avenue Victor-Hugo
26000 Valence
Tél. : 04 75 44 15 32

L'adorable Anne-Sophie Pic est une très jeune femme chef passionnée de cuisine. Héritière d'une des plus grandes tables de la gastronomie française située à Valence, Anne-Sophie a pris les commandes de ce prestigieux restaurant doublement étoilé en succédant à son père Jacques. Elle a appris en l'observant et en s'appliquant à réaliser une cuisine inspirée, précise et légère, qui met en scène les meilleurs produits du marché.

Lionel Poilâne
✆

Boulangerie Poilâne
8, rue du Cherche-Midi
75006 Paris
Tél. : 01 45 48 42 59

Lorsque l'on prononce « Poilâne », l'image d'un beau vrai pain s'impose immédiatement. En développant l'entreprise créée par son père dans les années 1930, Lionel Poilâne a continué de fabriquer le pain au levain selon la même recette familiale, à partir des meilleures farines sélectionnées, moulues à la meule de pierre. Il est devenu le boulanger qui a fait renaître et reconnaître le bon pain français dans le monde entier. Il a malheureusement disparu prématurément en 2002 et sa fille a depuis repris le flambeau.

Jacques & Laurent Pourcel

Le Jardin des Sens
11, avenue Saint-Lazare
34000 Montpellier
Tél. : 04 67 79 63 38

Jacques et Laurent Pourcel, frères jumeaux, sont les chefs du Jardin des Sens à Montpellier. Jacques a été formé chez Michel Trama, Marc Meneau et Pierre Gagnaire, Laurent chez Michel Bras et Alain Chapel. C'est en 1987 qu'ils décident de se retrouver pour créer leur restaurant à Montpellier. Très rapidement, c'est le succès puisque dix-huit mois après, ils obtiennent leur première étoile au *Guide Michelin*, puis en 1992 la deuxième et en 1998, à trente-trois ans, la troisième étoile. Ils sont actuellement les plus jeunes chefs décorés de trois étoiles.

Philippe Redon

Philippe Redon
3, rue d'Aguesseau
87000 Limoges
Tél. : 05 55 34 66 22

Philippe Redon est un authentique Limousin. Chef à Limoges depuis plusieurs années, il s'est passionné pour la cuisine dès l'âge de seize ans grâce à son arrière-grand-mère qui lui a transmis le virus. Avant de revenir à ses sources, il a fait des haltes auprès de chefs étoilés à Chamalières, au Gray d'Albion à Cannes et à l'Oasis à La Napoule. Au cours de ses expériences et de ses voyages en Asie, il a puisé des inspirations qui lui permettent de réaliser une cuisine évolutive très personnelle, où la justesse des saveurs est toujours respectée.

Jean-François Rouquette

Le Bourdonnais
113, avenue
de La Bourdonnais
75007 Paris
Tél. : 01 47 05 47 96

Jean-François Rouquette dirige la cuisine du restaurant Le Bourdonnais, La Cantine des Gourmets, à deux pas de l'École militaire à Paris, qui brille d'une étoile au *Guide Michelin*. Originaire de l'Aveyron, Jean-François a été bercé dans les casseroles par sa maman, qui tenait un restaurant familial dans la région parisienne. Il a occupé pendant vingt ans différents postes dans les cuisines de la capitale, du Petit Riche au Crillon, en passant par Taillevent et le Martinez à Cannes auprès de Christian Willer. Jean-François aime la cuisine sincère, qui révèle le vrai goût et la vraie nature des produits.

Pascal Roussy
❦

Le Coq Hardy
23, avenue Léon-Blum
40400 Tartas
Tél. : 05 58 73 48 28

Pascal Roussy est un chef cuisinier landais, qui est traiteur à Tartas, en plein cœur des Landes. C'est dans le même village, au Coq Hardy, que Pascal a goûté les premières joies de la cuisine auprès de son grand-père aubergiste. Après une formation à l'École hôtelière et un tour de France, Pascal est revenu au pays, chez Francis Darroze à Villeneuve-de-Marsan, avant de retrouver son fameux Coq Hardy.

Reine Sammut
❦

La Fenière
Route de Cadenet
84160 Lourmarin
Tél. : 04 90 68 11 79

D'origine vosgienne, Reine Sammut a eu un vrai coup de foudre pour la Provence et sa gastronomie. C'est en 1975 qu'elle a découvert le village de Lourmarin, au sud du Luberon, où la mère de son futur mari, Guy, l'a initiée à la cuisine provençale. Abandonnant ses études de médecine, elle se mit aux fourneaux dans un ancien grenier à foin qu'elle transforma en restaurant. Les gastronomes s'y bousculèrent. Elle gagna une étoile au *Guide Michelin* en 1995, et le succès fut tel qu'elle aménagea à l'entrée du village une auberge chaleureuse, La Fenière, où elle continue de nous faire voyager avec ses saveurs gorgées de soleil.

Guy Savoy
❦

Guy Savoy
18, rue Troyon
75017 Paris
Tél. : 01 43 80 40 61

Guy Savoy est l'un des tout premiers chefs, à la fois chaleureux et talentueux, triplement étoilé par le *Guide Michelin*. Dans son restaurant situé près de la place de l'Étoile à Paris, il sait faire partager l'esprit de la fête et célébrer le culte du bon goût. Sa cuisine reflète une approche moderne de la gastronomie tout en conservant la tradition héritée de sa région dauphinoise.

Vincent Thiessé
୧୨

Les Étangs de Corot
53, rue de Versailles
92000 Ville-d'Avray
Tél. : 01 41 15 37 00

Vincent Thiessé est aux commandes des Étangs de Corot à Ville-d'Avray, l'un des paradis les plus romantiques de la région parisienne. Diplômé de l'École supérieure de cuisine de Paris, Vincent a fait son premier stage à mes côtés au Jamin, puis avec Michel Kéréver à Enghien, avant de commencer sa carrière dans l'équipe de Gérard Vié à Versailles, au Potager du Roi, puis Aux Trois Marches, pour devenir ensuite son adjoint au Trianon Palace. Il a parfait sa formation auprès de Marc Veyrat, autre expérience très déterminante.

Laurent Thomas
୧୨

Les Séquoias
54, vie de Boussieu
38300 Ruy Bourgoin-Jallieu
Tél. : 04 74 93 78 00

Laurent Thomas exprime son talent dans une belle demeure dauphinoise du XVIIIe siècle à Bourgoin-Jallieu. Laurent est né à L'Alpe-d'Huez, face aux montagnes, et sous les fourneaux, car ses parents étaient aubergistes dans la région. Il a naturellement hérité de cette passion pour la cuisine en travaillant avec son père. Il s'est ensuite installé entre Dauphiné et Savoie, puis il a créé Les Séquoias en 1989, où il a obtenu une étoile au *Guide Michelin*.

Dominique Toulousy
୧୨

Les Jardins de l'Opéra
1, place du Capitole
31000 Toulouse
Tél. : 05 61 23 07 76

Dominique Toulousy est un chef au nom prédestiné puisqu'il dirige le restaurant Les Jardins de l'Opéra à Toulouse. Cet enfant du pays, né à Bagnères-de-Bigorre, a été attiré par la cuisine dès l'âge de 9 ans. Après des expériences dans des restaurants des Hautes-Pyrénées, en Bourgogne et aux Caraïbes, il s'est installé dans le Gers, où il a obtenu sa première étoile au *Guide Michelin* en 1980, étoile qui l'a suivi en 1984 à Toulouse. Il est devenu Meilleur Ouvrier de France en 1993.

Michel Trama
❧

Les Loges de l'Aubergade
52, rue Royale
47270 Puymirol
Tél. : 05 53 95 31 46

Chef talentueux, Michel Trama est un créateur qui a choisi de s'installer à Puymirol dans les années 1980, en abandonnant Paris. Parfait autodidacte, ce chercheur passionné par la cuisine a transformé une bastide du XIIIe siècle en un rendez-vous incontournable pour les gourmets du monde entier, couronné en peu de temps par deux étoiles au *Guide Michelin*.

Roger Vergé
❧

Roger Vergé est l'une des grandes figures de la gastronomie française et il a reçu les plus hautes distinctions. Il s'est installé en 1969 dans son célèbre Moulin, à Mougins. Les gourmets du monde entier aimaient s'y retrouver, et surtout s'y régaler. La cuisine de Roger Vergé, expressive, très personnelle, était ensoleillée des saveurs de la Méditerranée. Il a formé une pléiade de chefs – dont Jacques Chibois, Jacques Maximin, David Bouley ou Alain Ducasse – et a laissé les rênes de son Moulin à Alain Llorca, ancien chef du Negresco, en janvier 2004.

Marc Veyrat
❧

Auberge de l'Eridan
13, route des Pensières
74290 Veyrier-du-Lac
Tél. : 04 50 60 24 00

Marc Veyrat, l'un des plus grands chefs, avec son grand feutre noir de berger en guise de toque, revendique ses origines paysannes savoyardes, ce qui ne l'empêche pas de laisser libre cours à son imagination débordante. Fou de saveurs et d'odeurs, il réalise l'hiver à Megève, l'été à Annecy, des plats où sa création moderne rejoint ses souvenirs d'enfance. Très attaché à la nature, cet enchanteur éblouissant, décoré de trois étoiles au *Guide Michelin*, fait partager son amour des produits, qu'il cuisine avec magie, dans des réalisations à la fois savoureuses et esthétiques.

Antoine Westermann
⊙

Le Buerehiesel
4, parc de l'Orangerie
67000 Strasbourg
Tél. : 03 88 45 56 65

Antoine Westermann est chef du restaurant Le Buerehiesel, à Strasbourg. C'est dans cette splendide maison, auréolée de trois étoiles au *Guide Michelin*, qu'il a gravi les marches de la gloire. Il recherche la perfection à travers une cuisine spontanée, mêlant l'authentique tradition aux inspirations personnelles.

Christian Willer
⊙

La Palme d'Or
Hôtel Martinez
72, avenue de la Croisette
06400 Cannes
Tél. : 04 92 98 74 14

Christian Willer, chef de La Palme d'Or à Cannes, est originaire d'Alsace. Il est arrivé sur la Côte d'Azur il y a une quinzaine d'années pour créer ce restaurant sur la Croisette, au sein du prestigieux palace le Martinez. Il a construit la renommée de ce restaurant, reconnu aujourd'hui par deux étoiles au *Guide Michelin*.

Wout Bru
⊙

Le Bistrot d'Eygalières
Rue de la République
13810 Eygalières
Tél. : 04 90 90 60 34

Wout Bru est le le chef du restaurant Le Bistrot d'Eygalières en Provence. Il a commencé par l'École hôtelière de Bruges, avant de se trouver au hasard de ses stages dans le Midi de la France. En 1995, il a fait le pari fou de transformer l'épicerie du petit village d'Eygalières en un restaurant gastronomique, et a obtenu sa première étoile au *Guide Michelin* deux ans plus tard.

Index alphabétique des recettes

Aligot	*168*
Asperges blanches rôties aux copeaux de jambon	*24*
Asperges sauce maltaise	*26*
Asperges sauce mousseline froide	*27*
Asperges vertes à l'œuf friand	*28*
Aubergines farcies aux olives noires	*144*
Bagna cauda	*30*
Basquaise de légumes à l'œuf cassé	*145*
Betterave et comté au jus gras	*31*
Boulettes de pommes de terre au jambon	*169*
Cake de légumes	*33*
Cappuccino d'asperges des Landes au jambon sec	*100*
Cappuccino d'asperges et de jambon à l'os	*102*
Carpaccio de cèpes au vinaigre balsamique et chèvre sec	*35*
Cassolettes de fèves au magret séché	*36*
Caviar d'aubergines	*12*
Céleri-rave façon cappuccino	*104*
Champignons Marie-Louise	*14*
Champignons sauvages sur toast brioché	*38*
Chèvre frais au coulis de carottes	*39*
Chiffonnade de chou vert aux noix	*170*
Clafoutis de légumes du Sud	*40*
Courgettes à la brousse de brebis	*172*
Courgettes fleurs farcies	*42*

Crème aux champignons parfumés	*105*
Crème de courgettes	*107*
Crème de haricots cocos	*108*
Crème de haricots tarbais glacée, sirop de vinaigre balsamique, tartines de confit de canard aux aromates	*110*
Crème de mogettes et poitrine grillée	*112*
Crème de petits pois en gaspacho à la menthe, mouillettes aux graines de sésame	*113*
Crème vichyssoise	*115*
Crépinettes de chou et petits-gris à l'oseille	*43*
Croûtons de Josy	*15*
Escaoutoun des Landes lié au mascarpone et aux pleurotes en persillade, jus de rôti de veau et croustilles de lard	*174*
Fars de sarrasin	*176*
Feuilles de chou farcies	*147*
Flans de chèvre frais au basilic, figues fraîches en salade	*45*
Fondants de légumes épicés à l'avocat	*48*
Fonds d'artichauts au chèvre frais et à l'huile de cacahuète	*50*
Galette provençale aux tomates et olives noires	*52*
Garbure béarnaise	*117*
Garniture de semoule de blé	*177*
Gaspacho de concombre	*119*
Gaspacho et crème glacée à la moutarde	*120*
Gâteau de potiron	*179*
Gnocchis de pommes de terre au fromage blanc	*180*
Gratin de chaource aux belles de Fontenay	*181*
Gratin de chou-rave et de topinambours	*183*
Gratin de macaroccinis	*149*
Gratin de macaronis	*184*

Gratinée lyonnaise à l'oignon, croûtons et tête de cochon	*121*
Jardinière de lentilles	*150*
Légumes marinés à la coriandre	*53*
Lou cappou	*16*
Marbré de chèvre frais aux jeunes poireaux et frisée à l'huile de noix	*56*
Marmelade d'aubergines en coque de tomate	*58*
Matafan au lard	*151*
Mille-feuilles de légumes confits	*59*
Navets cuits en braisière avec pomme et gésiers confits	*61*
Œufs en cocotte à la provençale	*64*
Œufs en cocotte, crème légère aux épinards	*62*
Omelette plate	*17*
Omelette plate aux pommes de terre	*66*
Paillassons de légumes au cerfeuil	*68*
Pain surprise	*18*
Parmentier au jambon de Bayonne	*152*
Parmentier au potimarron	*154*
Pétales de betteraves au caviar d'aubergines	*69*
Petite salade de chèvre frais aux févettes et aux haricots verts	*86*
Petites tomates fourrées de chèvre frais et pistou à l'huile de bize	*88*
Petits artichauts violets à la barigoule	*72*
Poireaux pochés avec une purée de céleri	*73*
Potage aux champignons	*123*
Potage cultivateur aux tripoux	*124*
Purée de brocoli et chou-fleur	*185*
Risotto aux asperges	*75*
Risotto de potiron safrané	*156*

Rissoles de champignons printanières	*77*
Salade aux croûtons au bleu à l'armagnac	*90*
Salade d'asperges vertes	*92*
Salade de laitue au munster	*93*
Salade de légumes au Melfor	*94*
Salade de pissenlits	*96*
Salade de radis au jambon et à la saucisse de foie	*97*
Soupe à l'indienne	*125*
Soupe à l'œuf mollet et au basilic	*131*
Soupe au pistou	*126*
Soupe aux fèves	*128*
Soupe de haricots avec knacks rôties et munster	*129*
Soupe de potiron, fleurette au goût de lard	*130*
Spaghettis de concombre au saumon fumé et au fromage de chèvre	*20*
Tagliatelles au pesto	*157*
Tarte à l'oignon	*158*
Tarte fine aux légumes	*79*
Tarte méditerranéenne à la tomate confite	*159*
Tartiflette de Savoie	*162*
Tartines papillons	*21*
Terrine de tomates aux anchois frais	*81*
Tomates fourrées	*82*
Tourin blanchi	*133*
Tourte lozérienne aux « herbes »	*164*
Velouté d'asperges froid au saumon fumé	*134*
Velouté de champignons aux pignons	*135*
Velouté de cresson	*136*
Velouté de petits pois, croustillants à la tomme	*137*
Velouté de potiron au jambon de pays	*139*
Velouté de topinambours au curry	*141*

Index des recettes par légume

Artichaut

Fonds d'artichauts au chèvre frais et à l'huile de cacahuète	*50*
Petits artichauts violets à la barigoule	*72*

Asperge

Asperges blanches rôties aux copeaux de jambon	*24*
Asperges sauce maltaise	*26*
Asperges sauce mousseline froide	*27*
Asperges vertes à l'œuf friand	*28*
Cappuccino d'asperges des Landes au jambon sec	*100*
Cappuccino d'asperges et de jambon à l'os	*102*
Risotto aux asperges	*75*
Salade d'asperges vertes	*92*
Velouté d'asperges froid au saumon fumé	*134*

Aubergine

Aubergines farcies aux olives noires	*144*
Caviar d'aubergines	*12*
Marmelade d'aubergines en coque de tomate	*58*
Mille-feuilles de légumes confits	*59*
Pétales de betteraves au caviar d'aubergines	*69*
Tartines papillons	*21*

Betterave

Betterave et comté au jus gras	*31*
Pétales de betteraves au caviar d'aubergines	*69*

Carotte

Cake de légumes	*33*
Chèvre frais au coulis de carottes	*39*
Paillassons de légumes au cerfeuil	*68*

Céleri

Cake de légumes	*33*
Céleri-rave façon cappuccino	*104*
Paillassons de légumes au cerfeuil	*68*
Poireaux pochés avec une purée de céleri	*73*

Champignon

Carpaccio de cèpes au vinaigre balsamique et chèvre sec	*35*
Champignons Marie-Louise	*14*
Champignons sauvages sur toast brioché	*38*
Crème aux champignons parfumés	*105*
Escaoutoun des Landes lié au mascarpone et aux pleurotes en persillade, jus de rôti de veau et croustilles de lard	*174*
Potage aux champignons	*123*
Rissoles de champignons printanières	*77*
Tarte fine aux légumes	*79*
Velouté de champignons aux pignons	*135*

Chou, chou-fleur, chou-rave, brocoli

Chiffonnade de chou vert aux noix	*170*
Crépinettes de chou et petits-gris à l'oseille	*43*
Feuilles de chou farcies	*147*
Garbure béarnaise	*117*
Gratin de chou-rave et de topinambours	*183*
Purée de brocoli et chou-fleur	*185*
Soupe à l'indienne	*125*

Concombre

Fondants de légumes épicés à l'avocat	48
Gaspacho de concombre	119
Gaspacho et crème glacée à la moutarde	120
Pain surprise	18
Spaghettis de concombre au saumon fumé et au fromage de chèvre	20

Courgette

Clafoutis de légumes du Sud	140
Courgettes à la brousse de brebis	172
Courgettes fleurs farcies	42
Crème de courgettes	107
Mille-feuilles de légumes confits	59
Tarte fine aux légumes	79

Épinard

Flans de chèvre frais au basilic, figues fraîches en salade	45
Œufs en cocotte, crème légère aux épinards	62
Tourte lozérienne aux « herbes »	164

Fève

Cassolettes de fèves au magret séché	36
Petite salade de chèvre frais aux févettes et aux haricots verts	86
Soupe aux fèves	128

Haricot blanc

Crème de haricots cocos	108
Crème de haricots tarbais glacée, sirop de vinaigre balsamique, tartines de confit de canard aux aromates	110
Crème de mogettes et poitrine grillée	112
Garbure béarnaise	117

Soupe au pistou	*126*
Soupe de haricots avec knacks rôties et munster	*129*

Haricot vert

Petite salade de chèvre frais aux févettes et aux haricots verts	*86*

Légumes mélangés

Bagna cauda	*30*
Cake de légumes	*33*
Garbure béarnaise	*117*
Légumes marinés à la coriandre	*53*
Mille-feuilles de légumes confits	*59*
Potage cultivateur aux tripoux	*124*
Salade de légumes au Melfor	*94*
Soupe à l'œuf mollet et au basilic	*131*
Soupe au pistou	*126*

Lentilles

Jardinière de lentilles	*150*

Navet

Navets cuits en braisière avec pomme et gésiers confits	*61*

Oignon

Gratinée lyonnaise à l'oignon, croûtons et tête de cochon	*121*
Tarte à l'oignon	*158*
Tourin blanchi	*133*

Pâtes et céréales

Escaoutoun des Landes lié au mascarpone et aux pleurotes en persillade, jus de rôti de veau et croustilles de lard	*174*

Fars de sarrasin	176
Garniture de semoule de blé	177
Gratin de macaroccinis	149
Gratin de macaronis	184
Risotto aux asperges	75
Risotto de potiron safrané	156
Tagliatelles au pesto	157

Petits pois

Crème de petits pois en gaspacho à la menthe, mouillettes aux graines de sésame	113
Velouté de petits pois, croustillants à la tomme	137

Poireau

Cake de légumes	33
Crème vichyssoise	115
Marbré de chèvre frais aux jeunes poireaux et frisée à l'huile de noix	56
Poireaux pochés avec une purée de céleri	73

Poivron

Basquaise de légumes à l'œuf cassé	145
Fondants de légumes épicés à l'avocat	48
Gaspacho et crème glacée à la moutarde	120
Omelette plate	17

Pomme de terre

Aligot	168
Boulettes de pommes de terre au jambon	169
Crème vichyssoise	115
Gnocchis de pommes de terre au fromage blanc	180
Gratin de chaource aux belles de Fontenay	181
Matafan au lard	151

Omelette plate aux pommes de terre	*66*
Parmentier au jambon de Bayonne	*152*
Soupe à l'indienne	*125*
Tartiflette de Savoie	*162*

Potiron, potimarron

Gâteau de potiron	*179*
Parmentier au potimarron	*154*
Risotto de potiron safrané	*156*
Soupe de potiron, fleurette au goût de lard	*130*
Velouté de potiron au jambon de pays	*139*

Radis

Bagna cauda	*30*
Salade de radis au jambon et à la saucisse de foie	*97*

Salades, oseille, herbes

Crépinettes de chou et petits-gris à l'oseille	*43*
Lou cappou	*16*
Marbré de chèvre frais aux jeunes poireaux et frisée à l'huile de noix	*56*
Salade aux croûtons au bleu à l'armagnac	*90*
Salade de laitue au munster	*93*
Salade de pissenlits	*96*
Tourte lozérienne aux « herbes »	*164*
Velouté de cresson	*136*

Tomate

Basquaise de légumes à l'œuf cassé	*145*
Croûtons de Josy	*15*
Fondants de légumes épicés à l'avocat	*48*
Galette provençale aux tomates et olives noires	*52*
Gaspacho et crème glacée à la moutarde	*120*

Marmelade d'aubergines en coque de tomate	*58*
Mille-feuilles de légumes confits	*59*
Œufs en cocotte à la provençale	*64*
Pain surprise	*18*
Petites tomates fourrées de chèvre frais et pistou à l'huile de bize	*88*
Tarte méditerranéenne à la tomate confite	*159*
Terrine de tomates aux anchois frais	*81*
Tomates fourrées	*82*

Topinambour

Gratin de chou-rave et de topinambours	*183*
Velouté de topinambours au curry	*141*

Crédits photographiques :
Recettes : Hervé Amiard (pleines pages) / ATPF (médaillons)
Stylisme : Alessandra Pizzi / Marianne Paquin / Corinne Bonnet-Morin
Portraits de chefs : Gérard Bedeau
Produits : D.R.

Conception graphique et mise en page : Anne-Danielle Naname

Achevé d'imprimer, en février 2006 à Estella (Navarra) - Espagne
par Graficas Estella
N° éditeur : 69993
Dépôt légal édition 1 : Mars 2006
Librairie Générale Française - 31, rue de Fleurus - 75278 Paris cedex 06
ISBN : 2-253-01644-6

30/1644/1